普天間

坂手洋二

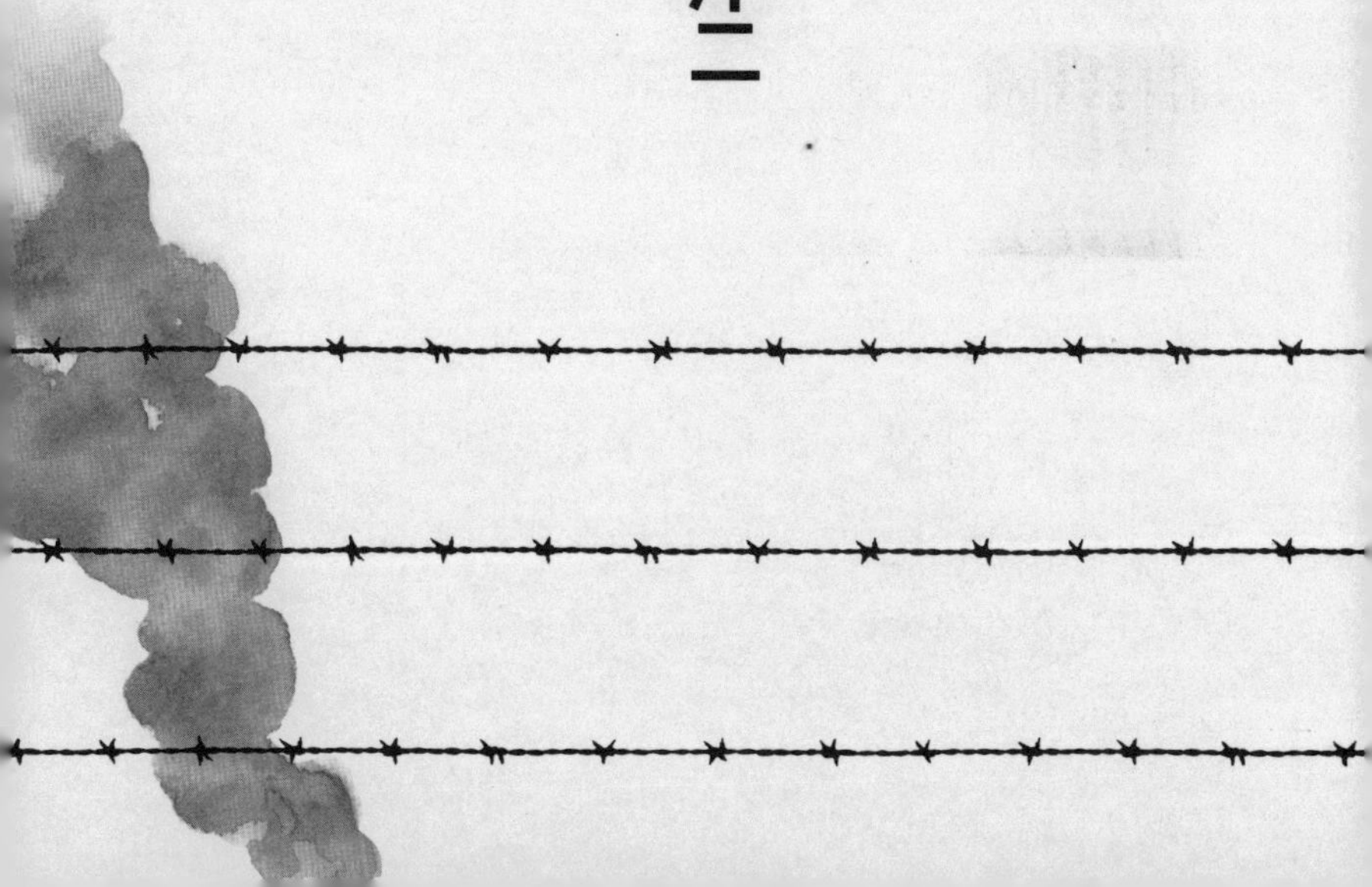

装幀——東辻毅（Folkie）

■登場人物

北峯美里
城田博巳（北峯の息子）
上原重臣
上原ふみ（重臣の母）
上原剛史（重臣の息子）
上原寿代（重臣の妹）
仲村荘介（寿代の息子）
平良一義
宮城昭利
大城ハナ
新城良江
谷山晃
平良しのぶ（一義の孫）
比嘉由紀
宮城佐和子（宮城の娘）

イントロダクション

客席は少しだけ暗くなる。
メモを取り資料に目を通すことができる明るさは確保されている。
いわゆる「講演会」仕様となった感じの、場内。
舞台上に出てくる、大学教授、北峯美里。
彼女が語る間にゆっくりと現われる、他の人々。

美里　二〇〇四年八月十三日午後二時十八分。沖縄本島中部、宜野湾市。アメリカ海兵隊普天間基地に隣接する沖縄国際大学は、夏休み中だった。集中講義をやっている先生もいたし部活動もあるから、学校にはそれなりの数の人がいた。学生たちは涼みに来てる？　私は五号館にいた。授業がなくても自宅を出て、研究室で仕事する習慣だったから。

男子学生　まあ夏だから暑かったさ。気温は三二度を超えてたはずよ。

ある人　音で上空のヘリに気づいた。いつもより低い。動きがおかしい。

ある人　ヘリの機種はまあ、音だけでわかるよ。もともとCH53っていうヘリはいやな感じだよー。ローター部分からきゅんきゅんって気味の悪い音がするわけさ。

その音……。

次第に場内は暗くなってゆく。

男子学生　グラウンドで部活中だった。何か変な感じがして空を見上げた。大型ヘリが目に入った。その瞬間、ヘリの尾っぽの、L字型に曲がっている部分が唐突に折れて、機体から落ちていった。（笑う）

美里　たまたま目撃した六歳の女の子がいたって。

女の子　ヘリコプターが折れちゃったの。

男子学生　実際見てみたらわかるさ。かなり非現実的というか、ばかばかしい光景だはずよ。けど、すぐにヘリが傾いて、グラウンドに落下してくるみたいに……。

他の部員　「こっちに来るけど！　逃げろ！」（叫ぶ）

他の部員　「これはヤバイでしょ！」（叫ぶ）

男子学生　他の部員と必死に逃げた。自分たちのうち誰かが死ぬんだと思ったさ。

若い母親　（赤ちゃんを抱いている）うちは沖国大の向かいのマンションなんだけど、近くまで来ていた義理の妹と、ちょうど携帯で話してたの。そしたら……。

義理の妹　「ハーヤー（たいへんだ）、落ちる。落ちる。絶対ここに落ちる」（叫ぶ）

若い母親　なにー。

義理の妹　「いまヘリ落ちてくるから逃げて」（叫ぶ）

若い母親　窓の外に目をやるともうそこまでヘリの黒い影が迫ってて、この子抱えて逃げてったわけ。

義理の妹　「逃げてー」（叫ぶ）

若い母親　ほんの数十秒の差だった。背中で爆発音がしたわけさ。

美里　生後六ヶ月の乳児が眠っていた寝室に、金網の入った窓ガラスを割り、ふすまを突き抜け、二個のコンクリート片が飛び込んだ。テレビが壊れ、玩具のまわりにガラスが散乱した。

別なマンションの住人　ギーンという耳鳴りみたいな音がしたと思ったら、ドーンって、百メートル先の、校舎の高さまで火柱が上がったの。その後、何度かパンパンって音がして、黒煙がもうもうと立ちこめたわけ。爆風で網戸が吹っ飛んでねー。

美里　尾翼ローターが故障・破損し、制御不能に陥ったヘリは、沖国大から道路を隔てて建っている八階建てマンションの屋上部分のわずか数十センチ上をかすめ、学長室がある本館一号館の屋上に、のしかかるように激突した。

ある人　衝撃で、事故機の六本のメイン・ローター・ブレード、先端部分の羽根のうち一本が、大学前の市道を横切って数百メートル先の住宅街までふっ飛んだ。

ある人　その家には生後二ヶ月の双子の息子と昼寝中だった女性がいた。

その女性　玄関に大きなプロペラが落ちてたの。長さ八メートルの（言葉を探し）回転翼。アンテナを落として、ミニバイク壊して、向かいの家のブーゲンビリアのアーチも……。

美里　我如古《がねこ》に落ちていたプロペラ。見ましたけれど、大きい。

ある人　残りの五本も次々と建物に接触して炎を発し、外壁に沿って建物を巻き込むようにそのままずり落ち、校舎の外壁をローター、（言い換えて）主回転翼で削り取り、油をまき散らしながら落下、地面に叩きつけられ、炎上した。

ある人　折れて吹き飛んだ尾翼の四メートル程の部分は、二、三百メートル離れた我如古区公民館裏手に落ちていた。

大学職員　当時大学にいたのは、七一四人。

別な大学職員　一号館、本館には、二十名の職員がいた。

大学職員　出張で留守だった事務局次長席は、二重の防音ガラスが破壊され、ヘリの一部がコピー機を壊し、転げ落ちていた。

事務局次長　……（見て）「これじゃ自分は間違いなく死んでたな」

別な大学職員　同じ一階の事務室では機体から外れた中間ギアボックスが、窓際でシュレッダーを使っていた職員めがけて飛んできたが、柱にぶつかって落ちた。

大学職員　割れた場所から炎が入りこんで、天井を焼いた。

ある人　ヘリの部品や砕かれた一号館の壁が、弾丸のように飛んできた。

ある人　畑の水タンクに穴を開け、民家のドアを貫通し、大学隣のガソリンスタンドにも十センチほどの金属片と油が降り注いだ。
男子学生　大量の灰はグラウンドまで降りそそいだ。
ある人　二百メートル離れた体育館の屋根も、飛び散ったヘリの部品で穴が空いた。
美里　メールが来た。
メールの人　「沖国に米軍ヘリが落ちました。煙が上がっておりますが、……先生は今どこですか」
男　二時一八分一一秒、アメリカ海兵隊のCH53D大型輸送ヘリコプター「シー・スタリオン」、第二六五海兵隊中型ヘリ部隊（HMM―二六五）に属するドラゴン25が、墜落した。
消防隊員　二時一九分、宜野湾消防署に最初の通報が入りました。
電話の人　「ヘリの旋回がおかしい！　音がヘンだわけ。沖国大方面に向かってる。……黒煙が昇ってる。やっぱり落ちたみたい」
消防隊員　消防署の二階から黒煙が見えました。大災害になる。しかし米軍から連絡はない。
美里　前の年、二〇〇三年十一月、普天間を訪れたラムズフェルドが言ったという。
ラムズフェルド　「こんなところで事故が起きない方が不思議だ。世界一危険な基地だ」
男子学生　「便所の窓から米兵の顔が見える」、大学でよく言う冗談です。
美里　ちょうど五号館を出たときだった。三号館側。
誰か　落ちたー！

美里　私は本館に行こうとしていた。ほんの二、三分のタイムラグ……。考えてみたら怖い。十数メートル離れたところにいた。落ちたことには現実感あったの。ばーっと走った。
大学職員　ちょっと待って。
別な大学職員　ここから先は危ないから。
大学職員　爆発するかもしれない。
美里　そのときには考えもつかない。どのくらいの大型ヘリが落ちたのかわからない。
ある人　大爆発するんじゃないかしら。燃料いっぱいあるし。
ある人　ゴムの焼け焦げたような嫌なにおい。
美里　落ちたのは、ちゃちな新聞社の報道用みたいなヘリではない。戦車より大きい、全長二二メートルの「兵器」が、火薬や油を満載したまま落ちたのだ。
女子大生　……。（真っ青な顔をして立っている）
美里　見たの？
女子大生　（震えて頷く）
美里　一人でいたの？　怖かったでしょう？
女子大生　（しゃくり上げて泣く）
美里　想定外、そんなことはない。想定内。明らかに。
ある人　遂に落ちた。

ある人　やっぱり落ちた。
ある人　起こるべくして起こった。
ある人　テロか。
ある人　まさか。
美里　テレビのテロップは、こう出た。
テロップ　「怖れていたことが現実に」。
美里　一部にデマも流れた。
ある人　死者も出たらしい。
ある人　学生が怪我をしたらしい。
美里　でも誰一人かすり傷さえ負わなかった。
ある人　奇蹟だ。
ある人　死人どころか怪我人も出なかった。
ある人　アメリカのパイロットだけ。
美里　飛び散ったヘリの破片は五十箇所を直撃した。
ある人　落下地点から五十メートルに集合住宅が幾つかあるし、百メートル先にはガソリンスタンドもあったんだ。
ある人　犠牲者がでなかったのは奇蹟だ。

美里　みんなそう言った。
ある人　死傷者がでなかったのは奇蹟だ。
ある人　死傷者がでなかったのは奇蹟としか思えない。
美里　でも私は、何かが違うと思った。

何度か爆発音が断続的に続いていた最後に、ひときわ大きな爆発音。

溶暗。

北峯家・リビング

午前中。
遠く、ヘリコプターの音。
居間であることを示す大きなテーブル。
その上に、コーヒーポットなど。
少し離れたところに、パソコンの載った小さなテーブル。
パソコンに向かってキーを打つ、城田博巳。
美里、出てきたばかりの感じで、立っている。
出で立ちじたいは、いますぐにも出かけられる状態。
美里、もそもそとコーヒーを注いで飲む。
博巳、手を止めて、美里を見る。

美里　なに。
博巳　ちゃんと目、覚めてる。
美里　そう見えない？
博巳　夜中、何回か起きたでしょ。

美里　ああ。
博巳　またうなされてた？
美里　聞こえた？　寝言とか、悲鳴とか。（あまり本気でなく）
博巳　親父のいびきみたいに？
美里　一緒にしないでよ。
博巳　離婚原因の一つ？
美里　……今日は午前中授業ないんでしょ、送ってって。
博巳　レポート書いてる。
美里　どうせ行くでしょ。
博巳　違う大学だし。
美里　ええええ、あなたはご立派な国立大学。母さんは「米軍のヘリが落ちた」という以外に特徴のない私《わたくし》立の平《ひら》教授。
博巳　進級できるかどうかの瀬戸際にいる学生のことも理解してください。
美里　……悩んでるわけじゃないの。何喋るか決まらないから。
博巳　（思い出して）事故から七周年の……、講演会？
美里　七年経ったのね。
博巳　「大学がアメリカに占領された」って……。

美里　大げさだと思ってるんでしょ。
博巳　俺、こっち来てからそんな頻繁にアメリカ兵遭遇しないけど。
美里　そう？
博巳　むしろ那覇に出て国際通りにいたほうが見かけること多いな。普通に観光客のなかにいる感じ。
美里　街だけ見てたんじゃ基地は見えない。
博巳　……わざわざ基地のそばに行くことないだろうって。
美里　……。
博巳　放射能のあるところに帰ってくるのは嫌だろうけど、就職は東京でないと潰しが効かんぞって、父さんが。
美里　「内地」の人の言いぐさ。
博巳　親父は嫉妬してるんだ。
美里　中学生の時に離婚して引き取った息子が、進学で親元を離れて、別れた女房のところに来ちゃったから？
博巳　沖縄の大学しか受からなかったんだから仕方ないだろ。
美里　「しか」言うな。
博巳　はいはい。

美里　……わざわざ基地のそばに来たんじゃないのよ、この町の人たちは。普天間は、米軍が沖縄の人たちを収容所に隔離しているあいだに、土地を取り上げて作った基地なの。もともとはキビやサツマイモが作られていた農地、それから、東西と南への道が交わっているんで戦前から賑わっていた五つの集落があった。
博巳　そうだった。
美里　うん。
博巳　安保がある以上、基地はなくならないよ。
美里　日米安全保障条約には、沖縄に基地を置くという条文はない。
博巳　日本に返還されるとき、基地も出てってもらえばよかった。
美里　返還前の日本は反米闘争が高まってて、本土の米軍基地は縮小される方向にあったの。
博巳　だったら沖縄も……。
美里　それが逆なの。密約だらけの返還前、本土から立ち退くことになった米軍基地は、当時日本国ではなかった、もともと米軍基地だらけの沖縄に、維持経費の拠出を条件に、駆け込みで移設されたわけ。
博巳　そう。そこが言いたかったの。
美里　うん？
博巳　この間、憲法の授業で、アメリカの公文書で「平和憲法制定に際してマッカーサー米司令官が、沖縄の基地化で、本土に軍を配置することなく日本の安全を保証できると主張した」っていうのが見つかったって。

美里 うん。

博巳 憲法九条の存在を保障したのは、沖縄の軍事基地化だった。

美里 平和憲法と引き換えじゃ、冷戦が終わっても、島ぐるみの反対闘争があっても、基地はなくならないってこと?

博巳 憲法変えたらなくなるとも思えないけどね。

美里 あっ、もう出かけないと。

博巳 うーん。

美里 お願い。

博巳 もう……、沖縄でクルマ運転できないのって、あり得ないよ。

美里 はいはい。

博巳 帰りはバスで頼みますよ。

博巳、出かける用意をする。

美里 ……まあ、偉そうなこと言ったって、母さんもヘリコプターの墜落がなかったら、ここまで基地のこと考えなかったかもしれない。

博巳　トラウマにはなってるんじゃない。

美里　とうとう殺されたでしょ、ビンラディン。

博巳　ああ？

美里　イラクに出撃する訓練してたわけでしょう、大学に落ちたヘリ。

博巳　いちいち関連づけて考えちゃうんだ。

美里　関連のないことなんてないと思うのよ、この世界の出来事は。

博巳　大袈裟なんだから。

美里　博巳。

博巳　うん。

美里　この国で、人々が普通に暮らす場所から当たり前のように人骨が出てくるのは、沖縄だけなの。毎年百体前後。私たちが立って、歩いているのは、そういう土地なの。

博巳　……。

美里　自分の専門だから言うわけじゃないのよ。

博巳　わかってる。

美里　思い出そうとしないと馴れちゃうから。病気の人だってそうなんだけど、人間て、自分の痛いところや、都合の悪いことは、そう感じずにすむように、だんだん鈍感になっていくものなの。だからときどき自分に言い聞かせる。ここは沖縄だって。あの事故が起きたのは、ただの偶然じゃないって。

ヘリコプターの音、聞こえる。

博巳　（少し声の大きさを上げ）馴れるね、確かに。

美里　なに。

博巳　教授が言ってた。琉大が首里にあった頃は、米軍機の音は上に聞こえたけど、西原に移って、宜野湾に近づいたら、横から聴こえるようになったって。

美里　……。

博巳　忘れてた。普天間の米軍機は横を飛んでる。自分もそう思ったって、忘れてた。

ヘリコプターの音、高まる……。

溶暗。

普天間サンドイッチシャープ

背後に米軍基地のフェンス。
フェンスには、日本語と英語で書かれた立入禁止の掲示板。
ガジュマルの樹。
軽のライトバンを改造した屋台が開かれている。
車体には「Futenma Sandwich Shop」の文字。
屋根の上に「サンドイッチシャープ」と書かれた看板。
カウンターふうの部分がある。
椅子やビールケースが無作為に置かれている。
テイストとしては、大衆食堂のようにもスナックのようにも見える。
黙認耕作地になっていて、畑を鳥たちから守る網がある。
上原重臣、エプロン姿で、作業をしている。
平良一義、来る。

平良　ぬーそーが（なにしてるの）。
重臣　めんそーれ（いらっしゃいませ）。

平良　屋台？
重臣　仮店舗やいびーん（ですけど）。
平良　営業許可は。
重臣　資格は取ってるさ。軽自動車なんでいろいろ制限あるけど、テーゲーで。ここなら大丈夫だはずよ、黙認耕作地。
平良　黙認耕作地で黙認営業ねー。
重臣　うぬ通い（その通り）です。
平良　十五年使用期限が守られていたら、戻ってきていたはずよ。ここも、中も。
重臣　水道引かせてもらえたからね。
平良　こんなところに客が来るわけないさ。
重臣　まあ。試運転だから。水のことがなんとかなったら、あっちの、ふだん野球やってるところに移るつもりさ。
平良　あそこも市民に解放しているなんて言いながら、たまにゲート閉められるさ。「保安のため」ってねー。
重臣　あー。
平良　嘘に決まってるサー。去年、宜野湾《ジノーン》市長選挙の少し前、十月頃ずっと閉まってたでしょ、伊波さんに対するいやがらせだはず。

重臣　あー。

宮城昭利、小さな自転車で、来る。

宮城　コーラ。
重臣　二百円です。
宮城　……。（金を渡す）
重臣　にふぇーでーびたん（ありがとうございます）。
平良　（見て）ハンバーガーは作り置きしては駄目さ。俺《わん》も二十歳過ぎの時分、基地の中でハンバーガー屋やってたさ。大きな鉄板に三十個くらい並べて焼くわけよ、飛ぶように売れたョー。
重臣　三十個。
平良　ときどきエッグバーガーが食べたいという兵隊がいたねー。断ったさ。目玉焼き作るには一度鉄板をむる（全部）きれいにしなければならないからねー。えらい司令官が来ても高官だけ作るのは不公平になるから断ったさー。そしたら牧師がやってきて「あなたのハンバーガーがこの人の最後の食べ物になるかもしれない。だから作ってあげてください」ってねー。だぁやてぃん（それでも）断ったさ。
重臣　ああ……。

平良　仕事帰りのゲートチェックでは、盗みをしていないか弁当箱の蓋を開けさせられたよー。基地内のトイレは「アメリカン」「本土・フィリピン」「琉球人（ライキアン）」に分けられてたし、ウチナーンチュは喫茶店も入れてもらえない。休憩時間なしで働かされて、ペイは十分の一。「モーニング・シェイクハンド。イブニング・ネックカット」。ワジワジーしたさ（頭にきた）。

重臣　私も基地で働いておりました。

平良　メンテナンス？

重臣　事務屋《ヤー》でした。

平良　そう見えないさ。

重臣　よく言われます。

平良　……あの頃は、若い者ほど米軍で働いた。

重臣　私はベトナムの途中から、最近まで。

平良　出張に来ればいいさ。うちの庭なら解放するよ、狭いけど。我如古公民館の南。（名刺渡す）あのあたり平良という家、多いからねー。昔市役所で働いてて、沖縄戦史の研究している平良。

重臣　にふぇーでーびる（ありがとうございます）。

平良　ちばりよー（頑張りなさい）。

平良、去る。

宮城、フェンス越しにその向こうを見ていたが、

宮城　（あなたは）地元の方？

重臣　生まれも育ちも宜野湾です。

宮城　……。

重臣　にふぇーでーびたん。

宮城　……。

重臣　あいー、実を言いますと、あなたが最初のお客様なんです。

宮城　ああ……。

重臣　いえ、失礼しました。

宮城　あの……。

重臣　はい。

宮城　普天間を見にゆくと言って、普天間に来て、人はどういうところを訪ねてゆくでしょうか。

重臣　普天間を見に。

宮城　嘉数の展望台には登りました。

重臣　ああ。
宮城　佐喜眞美術館の屋上も。樹が生い茂っていて、中はよく見えませんでしたが。
重臣　最近植え足したんです。隠そうとしたんでしょうね防衛施設局が、明らかに。
宮城　普天間を見にゆくと言われたので……。
重臣　はい。
宮城　それで私も歩いてるんです。基地のまわりを。
重臣　ああ……。
宮城　なるべく、基地のフェンス沿いを伝ってきたんですが。
重臣　フェンスはときどき途切れてるでしょう、このあたり。坂を上ったり下ったり……。
宮城　ええ。
重臣　ここは比較的よく見える場所だはず。
宮城　基地のそばに、幾つも学校がありますね。
重臣　普天間第二小のグラウンドのすぐそこで、よくヘリがホバリングしているし、あっちは校舎の上を飛ぶね。
宮城　校舎の。
重臣　CH46ヘリは六機編隊で離陸して、単独では住宅街を上空旋回するし、時期によっては四分三〇秒に一度の割合でタッチアンドゴー、そのたび授業は中断。勉強できるはずないさ。

宮城　ずいぶん低いところを飛ぶわけですね。

重臣　嘉数高台から追い風が来て、謝名《じゃな》方面に降りて、野嵩《のだけ》で上がるわけよ。

宮城　話には聞いていましたが、近すぎます。

重臣　日本の航空法上の飛行場ではまったくないわけさ。アメリカ側もクリアゾーンといって、滑走路の両端からそれぞれ九百メートルの区域は、航空機事故が起きる可能性が高いとして、土地利用を禁じられているわけさ。ウチナーでも他の基地はそうではないはずよ。普天間はクリアゾーン内に公共施設、保育所、病院が一八カ所、住宅約八〇〇戸、住民約三六〇〇人余、米軍の安全管理基準も日本の法律からも外れているのに、どちらにも縛られていない超法規の航空基地ということさー。

宮城　ハッサミヨー（なんてことだ）。

重臣　宜野湾市の面積の四分の一が普天間基地さ。都市のど真ん中に、このような基地がなにゆえ存在しているのか。米軍再編時アメリカーは「あとから住民が集まって周辺に都市を作った。当初はなにもなかった」などと発言しているけど、沖縄戦に備えて日本政府が作った飛行場が六カ所、普天間はアメリカがあとで加えた方。もともとはわったーの居場所さ。

宮城　どうしてそのままにしてあるわけ。

重臣　六五年前の戦争の名残りさ。アメリカーからみれば、日本政府の問題であり、基地外に自らの権限は及ばない。日本側からみれば、「地位協定」によって施設の運用管理は米国側の権限であり、法的強制力をもって周辺地域の規制ができない。

宮城　ワジワジーする。

重臣　ちゃーんならん（どうしようもない）。まあそんなことは今や観光ガイドにも書いてある。ヤマトンチュは物好きだねー、基地を観光しに来るなんて理解できないサー。

宮城　……。

重臣　普天間を見にゆくと言われたんですね。

宮城　はい、あんやいびーん（そうです）……。

重臣　普天間を見に来るというのは、基地を見に来ることなのかナー。

上原寿代、仲村荘介、来る。

寿代　えー、ニーニー、ずいぶん探したさ。こんなスージ小《グワー》（路地）、お客さんだって辿り着けないはずヨー。

重臣　寿代、なんでここがわかったわけ？

荘介　はーめー（おばあさん）が教えてくれたわけよ。あんくー（おじさん）が基地のそばで水もらえる先、見つけたって。

重臣　なんでさー。

寿代　……せっかく陣中見舞い来たのにー。
重臣　営業開始したばっかりさー。
寿代　お客さんはー。
宮城　……。（お辞儀する）
重臣　記念すべき第一号のお客様よ。
宮城　はじみてぃやーさい（はじめまして）。
寿代　にふぇーでーびる。

上原ふみ、上原剛史、来ている。

ふみ　にふぇーでーびる。ゆたしく、うにげーさびら（よろしくお願いします）。
重臣　あげ、来たわけ。
ふみ　あたいめーてー（あたりまえでしょう）。嫡子の門出やるむん。
重臣　みんな揃ってくることないサー。
ふみ　始めたら、そっちに来る（行く）と言ったはずよ。
寿代　こちらはコックのあんまー（母親）のふみです。私はウィナグワットゥ（妹）の寿代。
剛史　息子の剛史です。

荘介　甥の荘介です。
宮城　皆さん、やーにんじぇ（ご家族）……。
重臣　だっからよー。
寿代　何か、注文なさいます？（メニューを見る）トゥーナー（ツナ）サンド、ストゥ（シチュー）、スパゲリー（スパゲティ）、セブナッ（セブンアップス）。うさがみそーれー（食べてみてください）。
宮城　いやー……。わっさいびーん（ごめんなさい）……。

宮城、停めていた小さな自転車に跨る。

重臣　ゆるち、くみそーれー（すみませんね）、家族なもんでー。
宮城　……ハイ。
皆　（口々に）にふぇーでーびる（でーびたん）。
寿代　またん、めんそーれー。

宮城、自転車に乗って、去る。

重臣　あきさみよー（まったくもう）。

剛史　旅の人《たびんちゅ》？
重臣　ナイチャー（内地の人）ね？
寿代　だってシマクトゥバ……。
荘介　地元の人じゃないよ。自転車にドミトリーの名前書いてあったさ。
重臣　ドミトリー。
寿代　国際通りにあるみたいな？
剛史　一泊千五百円くらいの、二段ベッドの？
荘介　旅行客っていうより、住み着いてる人もいるはずよ。
剛史　住民票移さずに税金も払わない連中サー。
重臣　人を探しているみたいだったネー。
寿代　……排気ガスや航空燃料のにおいするねー。
重臣　北側だから。
ふみ　戦争の前の家は、ここからそんなに遠くないサー。
剛史　だーるの（そうだったの）。
寿代　ガマに逃げる前？
ふみ　この辺にウガンジュ〔拝所〕もウタキ〔御嶽〕もあったはずよ。
剛史　（基地の）敷地内に？

荘介　ハーヤー（そうなの）、わかるばー？　戦前の町並みは何一つ残ってないのにー。
ふみ　あのガジュマルは憶えがあるさー。
剛史　強い樹だったんだネー。
荘介　キジムナーがついていたのかナー。
ふみ　二度と入らずに終わりそうだねー。
剛史　旧住居の清掃や墓参りは認められてるさ。市役所に「（施設内）入域許可申請書」出せば。
ふみ　何かが残っているわけではないからー。
寿代　……それにしてもニーニー（兄さん）、似合わんサー。なんで屋台よー。
重臣　なんでって。
寿代　あんまり見たことないはずよ、宜野湾で。島の天気は変わりやすいし。
重臣　大丈夫さー。雲行きが悪くなったらぱっぱと片づける。ゲリラ的にやるのさ。
荘介　やくざの縄張りとか大丈夫。
寿代　アメリカからもっとでっかいギャングが来てるからね。
ふみ　とにかく食べ物商売は、売り残しのないようにしないと。
重臣　そうさね。
ふみ　……今は何でも宝だと思っているからさ。とても物が大切だと思っているからさ。
重臣　わかってるよー。

寿代　（ふみの言葉を続けるように）「今の時代は贅沢だ。みんな上等の物つけて」……。

ふみ　そう、今の時代は贅沢だ。みんな上等の物つけて。

寿代　口癖、変わらないねー。

剛史　えー、ウフアンマー（おばさん）が家にいた頃から？

重臣　ずっと聞かされてきたわけよ。

ふみ　本当のことだからネー。

寿代　ずっと聞けたのは幸せヨー。家もアンマーもしっかりしていたからさー。出戻りが出て行かれた人に言うことじゃないけどネー。

重臣　ヤナ、ウィナグヤ（嫌な妹）。

剛史　なんか昔、おばあも弁当作ってたでしょ。

荘介　そうなの。

ふみ　ふんとー、やんどー（本当だよ）。

重臣　いい歳の島の人間で、基地で働かなかった人、食べ物商売に手を染めなかった人はいないサー。

寿代　たいてい一家言もっているはずよ。

ふみ　サミットのときが最後だねー。警察の人に、天ぷらに汁豆腐作ったさ。

寿代　なのにサミットは、沖縄でやってもヤマトの行事だと言って、ヤマトから来た二万二千人の警官向けに、冷凍の鮭弁当が北海道から空輸されてきたわけ。

重臣　政府関係者や報道陣の車輌も本土から運んだねー。一部の業者を除いたら、サミットは島の経済振興には肩透かしだったさー。

剛史　……だけどなんでサンドイッチシャープ。

重臣　ほんとはコーヒーシャープにしたかったんだけど、でいご通りにあるからね。

荘介　子どもの頃、わからなかったナー。コーヒーシャープって、きれのあるコーヒーだか、電気でコーヒー作る機械なのかって。

重臣　耳英語のほうがネーティヴのアメリカグチに近いさ、ショップよりシャープ、ウォーターよりアイスワラー。

寿代　とにかくここにいてもしかたないよー。作り置きのもの売るだけだったら水引かなくていいんでしょ。

重臣　そんなのつまらないさー。配達の弁当屋と同じ。

寿代　自信ないんじゃないのー。

重臣　ライバルはミクダーノ（マクドナルド）さー。

寿代　お客呼んでから言いなさいヨー。

剛史　クスイムン〔薬膳〕出したらいいさ。イラブー（ウミヘビの）汁とか。

ふみ　ガス使うなら、火の神（ヒヌカン）にお祀りしましょうねー。

ふみ、かがんで、お祈りをする態勢になる。

ふみ　ウートートーサンバーイ（お祈りしましょう）。

寿代　……みんなも。

荘介　えー。

一同、かがんで、お祈りをする態勢になる。

ふみ、小さく呟きながらお祈りをする。

重臣　火の神《ヒヌカン》ねー。

荘介　どうしてー。

寿代　うん。宜野湾は……、いいえ、この島全体で、火に焼かれて大勢の人が亡くなったからねー。

荘介　そうかー……。

口々にお祈りをする一同……。

溶暗。

社交街・スナック

一間間口のスナック。
貧しいが怪しげでもある灯が入り込む「真栄原社交街」の中の店。
奥に座敷がある、「ちょいの間」の構造をもっていた場所。
そこを改造して酒を飲める安手のスナックにしつらえている。
狭いカウンター、わずかな座敷。
ノイズの大きいエアコンの音……。
大城ハナ、奥でチャンプルーを食べていたらしいが、出てくる。
カウンターで、それとなく外をうかがっている様子の、宮城。
ハナ、宮城にお代わりを注ぐ。

ハナ　ここにはアメリカーは来ないよ。「真栄原社交街」に兵隊《ベーヘー》相手の店はないさー。「Japanese only」って看板出してるとこもあったしねー。

宮城　……そう。

ハナ　夜遊びしたい兵隊は金武《きん》（町）まで出かけるさ。戦地に行くアメリカーがドル札ぺたぺた貼ってくみたいなところだったら、（普天間じゃ）基地の反対側の「シンディ」。四十年前から時計の針止まって、博物館みたいやさ。……元Aサインとか、英語で言えばかっこいいみたいに思うらしいね、ヤマトゥぬ観光客は。ところがこの界隈に来るとタイだ韓国だフィリピンみたいだって……、行ったことがあって言ってたのかね、あれは。売春防止法以前の日本へタイムスリップしたみたいだって、若い子に言われた日には……。

宮城　……あー。

ハナ　ベトナムの頃は違ったヨー。マリンの連中は戦地手当の数千ドル使い果たしていくわけさ。戦地帰りのアメリカーは殺気だってて、ホステスやハウスメイド相手に大荒れだったね……、女が一人でトイレに行くのは自殺行為と言われたさー。ほんとに殺された子がいたからネー。絞殺が多かったさ。だいたい死体は全裸で発見されたヨー。

宮城　……うーん。

ハナ　……ベトナムが終わって、徴兵から志願制になって、兵隊も変わったね。今はいいわよねえ。震災の、被災地も助けに行ってくれたでしょ、「オペレーション・トモダチ」？

宮城　……あれは違うみたいよ。

ハナ　なんで。

宮城　日本側が付けた作戦名らしいさ。

ハナ　ずっとトモダチでいてほしいって？

宮城　……まあ。

ハナ　……うちはスナックだけど何も置いていないからね。なんか食べる？　チャンプルー、アシティビチにおでんなら、取り寄せるよ。

宮城　……あー。

ハナ　……なんでこのあたりで飲みたいと思ったわけ？

宮城　……なんとなくさー。

ハナ　お客さん（宮城が）、こういうところで遊んだことないはずよ。

宮城　……。

ハナ　真栄原は栄えた時は百軒以上あったけど、飲める店は十軒ほど。サービスなしでドリンクオンリーは、うちくらいサー。……「カフェーなんとか」っていっても、みんなそういう店だったから。一見飲み屋みたいだけど、客が入ると鍵掛けて、カーテン引くわけよ。奥の間でする。原則として本番オンリー。

宮城　……。

ハナ　おかしなもんだと思ったさ。ちょっと前まで、ファッションマッサージとか、ほんとにしないほうのが、県の条例で禁止されていたからね。

宮城　……。

ハナ　あんたくらいの歳でもやっぱり若い子がいい？

宮城　……どうかな。

ハナ　ほんとに若い子はそうそういないよー。社交街入口のラーメン屋の表に腰掛けて携帯やってたチルダイな（けだるい）お嬢さんも、四〇半ばだはずよ。紹介するねー。

宮城　遠慮しておきます。

ハナ　女の子の質は日本一と言われてたさ。ヤマトゥにいられなくなった、ワケありの子が多かったね。ふらっと来てふらっと消えて、ひょっとしたらふらっとあの世かねー。

宮城　……。

ハナ　ヤマトの客もいっぱい来たさ。空港からタクシー乗って「新町まで」って言えば連れて来てくれる。サミット過ぎてから、下火になったよ。急に「沖縄の恥」とか言われてからさー。

宮城　……。

ハナ　まるごと町を潰すことないのによー。

宮城　……いつからこうなっているの。

ハナ　県警が本気出して摘発始めて、客足は遠のく一方、家賃も払えない。ひぃるじゅー（日中）廃墟同然よ。クジュ（去年）ぬ夏、社交街入口の看板、撤去されたでしょう。警官がスージ小の真ん中に立ちんぼで、何かあるとすぐ、パトカー（が来る）。監視カメラもあったはず。……「ジョーカー作戦」て、なにさー。警察官と一緒に女性団体まで来てさ。「ちょんの間風俗は女性としてダメ」「人間として恥ずかしい」とか、ビラをばんばん入れてったわけ。「特殊婦人」が素人さんの防波堤になった時代を忘れないでほしいさー。

宮城　……それでいまみたいに。

ハナ　ほぼ壊滅だねー。「貸家」の看板ばっかし。バス停の名前まで変えられて。伊波洋一市長が県知事選出馬へ向けて、浄化作戦をアピールしたかったわけよ。「ここは住宅街の真ん中だし隣に学校もありますから」って……、住宅街の真ん中で学校の隣と言えば普天間飛行場と同じじゃないの。あっち追い出してから言ってほしいよねー。

宮城　そしたらぁ、（このあたりで）働いてぇいた人たちは？

ハナ　女の子はたいてい移ったよ、コザの吉原とか。

宮城　この町に残ったとしたら。

ハナ　デリヘルとかだろうね。電話一本で行くやつ。番号教えようか？

宮城　……。

ハナ　人探してるなら、初めからそう言えばいいサー。

宮城　……どうしてそう思う。

ハナ　誰だってわかるはずよ。カウンターの端に陣取って表ばかり見ていたからねー。女の子と何かしたい人はもっと目がぎらぎらしているはず。

宮城　……そう？

ハナ　あんたナイチャー（内地の人）の振りしてるけど、やんばるちゅー（沖縄北部の人）だねー。

宮城　……。

ハナ　どんな事情か聞く気ないけどー。
宮城　……若い娘が、普天間を見にゆく、アメリカのいるところで働くと言ったら、どこへ行くかな。
ハナ　アメリカーのいるところ。
宮城　……。
ハナ　やんばるにもアメリカーはいるんじゃない。
宮城　……北部訓練場があるからね。ジャングルの戦闘訓練に使われている。
ハナ　……ああ。
宮城　（あなたは）ベトナムの頃からこの界隈？
ハナ　そんな昔のこと、憶えちゃいないよー。
宮城　……「ベトナム村」というのがあったってねー。
ハナ　ベトナム？
宮城　海兵隊のゲリラ訓練施設さ。戦場ふうの村が作られて、ベトナム家小《ヤーグワー》のまわりに、それらしくヒージャー（山羊）なんか放って、森や草むらに落とし穴掘って、針や釘引っかける罠、幾つも仕掛けて、落ち葉なんかで覆ってカムフラージュしてある。一個中隊がそれを避けながら村に近づき、麻薬密造工場や米兵捕虜監禁家屋へ突入し、ベトコンを探し出してやっつける。……訓練にはやんばるの住民が徴用されて、南ベトナム現地部落民の役をさせられたわけよ。三角になった帽子に、向こうに似せた黒い衣装、着させられて。

ハナ　いつ頃の話。

宮城　「北爆」の頃だからもう五十年近く前だネー。

ハナ　あんたもいたわけー。

宮城　（答えずに）乳飲み児や五、六歳の子連れの女の役もあったって。いちばん怪しいタイプだったんだろうね。

ハナ　赤ん坊まで動員したわけ。

宮城　やんばるの住民は対ゲリラ兵術を生みだすためのモルモットさ。訓練のはずなのに、司令官自ら操縦するヘリコプターが小屋めがけて焼夷弾落とすし、住民を本物のゲリラみたいに睨みつけて、銃向けるし。落とし穴で大怪我したり、わざと農作物を盗まれたり、実戦通りのことをされたはずよ。

ハナ　ひどい目にあったネー。

宮城　イヤー、協力したわけさ。

ハナ　えー。

宮城　マリン兵は、やんばるで訓練を受けて一人前になる。やんばるの住民は対ゲリラの戦争に協力したことになる。そうじゃないのー？

ハナ　……。

宮城　部落の者は誰もやりたくはなかったはずよ。「クッターガイーシェー　ゼッタイ　チィーシェーナランシガ（こいつらのいうことは絶対に聞いてはならない）」。けど山林活動を「オフリミッツにするぞ」と脅されては、従うしかなかったわけさ。ただでさえほとんどの土地を取り上げられているのに、ちゃんとした農地の乏しいやんばるじゃ、山林に入れないと暮らしていけないからね。

ハナ　……それであんたは、娘さんがアメリカのいるところで働くのが、つらいわけ。

宮城　あらん、俺《わん》が言っているのは、ただの、やんばるの話。

ハナ　……。

宮城　アメリカーは何人組かになって、「ねえさんを出せ」と迫ったさ。「ねえさんはいない」と答えると、「ノー、ねえさんある。ウソ！」って、家に火を放った。

ハナ　訓練じゃなく？

宮城　（うなずき）ベトナム帰りのアメリカーが、ウチナーの女を絞め殺してしまうのは、ウチナーの女が、向こうで会ったベトコンに、似ているからさ……。違うとわかっていても、笑われるとキレる。ベトコンの女に、笑われたくないからさ。

ハナ　ハッサミヨー（たまんないねー）……。

溶暗。

ゲート前

背後に米軍基地のフェンス。
ゲート塔の影。
「Futenma Sandwich Shop」の屋台が開かれている。
カウンターふうの部分がある。
椅子やビールケースは遠慮がちに置かれている。
ヘリコプターの音……。
剛史、エプロンを着けた姿で、困ったように立っている。
時折り、食材や食器を確認する。
クルマの止まる音。
剛史、困った顔で隠れようとするが、隠れられる場所はない。
谷山晃、来る。

谷山　ハイサイ。何してる。
剛史　あらん（いやー）。
谷山　「普天間サンドイッチシャープ」。……せっかくゲート前なんだから、もっと目立つ場所でやればいいのに。

剛史　親父がこれやってるって、わかっていた（それで寄ったの）？

谷山　市役所の職員がアルバイト？　いいんだったかなー。

剛史　あんすぐとぅ（いやはや）。ベースの許可じたい、取ってるのかナー。急用できたから、代わりに入ってくれって言われてよー……。

谷山　似合ってるサー。

剛史　あったに（いきなり）マリン兵《へー》が客に来て、アワティハーティ（あたふた）……。生まれて初めてホットドッグ作ったさ。

谷山　ご苦労さん。

剛史　まさか親父、基地で働いてた仲間に、連絡してないよねー。

谷山　いやいや、普天間の基地労働者全員、この日を首を長くして待ってたからネー。今日は大繁盛間違いなしよー。

剛史　でーじなとーん（たいへんなことになった）。

谷山　ゆくし（嘘）よー。親父さんもまだ自信なさそうだったから、みんなには知らせてない。けど、一人に言ったら何人に広がると思う？

剛史　ヤナワラバーヤ（「嫌な子供」転じて「このヤロー」）。

谷山　迷惑がることないさー、定年後、でっかいのに家にじっとされてても面倒だって言ってたはずよ。

剛史　だからよー。ウファンマー（おばさん）が離婚して戻ってきてから、家にいるときょうだい喧嘩ばっかり、出かけてくれた方がいいサー。

谷山　じゃー、俺もホットドッグ。

剛史　注文するわけなー。

谷山　ポークタマゴにしようかな。「おにポー」できない。

剛史　パンしかネーラン（ないよ）。

　　クルマの止まる音。
　歩いてくる、比嘉由紀。

剛史　……（紹介する）あー、比嘉由紀さん。

谷山　谷山です。上原剛史君からよく聞いております。

剛史　えーちょっと……。

由紀　そうですか。

谷山　嘘です。何も聞いていません。基地で働いてます。よろしく。

剛史　はーもう……。

谷山　チェラカーギー（美人）のガールフレンドができたという噂でしたが、まさかあなた。
剛史　ほっといていいからねー。
由紀　ＳＯＳって言うから来たわけョー。
剛史　だって、やったことないから、サンドイッチ屋《ヤー》なんて。
谷山　サンドイッチだけじゃないはずよ。
由紀　この、スープ四五〇円ていうのは。
剛史　キャンベルスープの缶、倍に溶かすだけさー。
由紀　それでいいのー。
谷山　昔ながらの食堂はたいていそうさー。あんまり味クーターー（味を濃い目）にすると元がとれないけどねー。
剛史　親父は前からやってみたかったみたい。ほんとはピカップゥ（ピックアップトラック）が良かったらしいんだけど、中古探してもいい出物がなくてねー。
谷山　中古はダメョー。沖縄のクルマは潮にやられてるから新車じゃないとー。
由紀　ルートビア。（注文する）
剛史　手伝ってくれるんじゃないのー。
谷山　不味いでしょ。ウチナーンチュでルートビア頼む人、久しぶりに見たねー。
由紀　懐かしいからたまに頼むの。

谷山　子供の頃から不味かったョー。
由紀　ヤマトゥにはないでしょ。
谷山　うん？
由紀　私、Uターン組だからシマナイチャーみたいなものよ。十年喋ってないからシマグチ使えないし。
谷山　ウチナーンチュに戻れるかな。
由紀　えー。
谷山　年に二万五千人が沖縄に移住してくるけど、八割が挫折する。
由紀　こんなに沖縄の人気が出るなんてねー。
剛史　普天間も有名になった。
谷山　いい迷惑さ。観光客がわざわざ大山ゲートに集まってきて、「ああ、これが普天間基地ね」って言われたところで、嬉しくもなんともないさー。
由紀　なんで沖縄に住みたいのかしらねー。
剛史　まあ、物価は全国最低だし、特に家賃は六掛け以下。
谷山　最上階選ぶ人いるらしいけど、暑くて逃げ出すみたいねー。
由紀　あー。
剛史　「夕陽が見える優良物件」は、西日がキツイということだから。

由紀　でも私、沖縄に帰って花粉症治った。
谷山　いつまで島にいたの。
由紀　……高校上がってすぐ。
剛史　あぎじゃびよー、ガードが気づいたかなー。
谷山　あー。
剛史　ずっと立っていたかもしれない。
由紀　だけどアメリカーの客、あてにしてるわけでしょう。アヌークヌー（じたばた）してどうするねー。
谷山　お。ウチナーグチ。
由紀　うふぇー、ないびーん（少しは）。……その辺にガマみたいのが見えたけど。
剛史　あー。
谷山　マヤーガマ。
由紀　猫ガマ。
谷山　洞窟に住む魔物が猫に化けて子供たちを隠したんだってー。古来の風葬場だからちっちゃい子が怖がったんだろうね。
由紀　マーカーガマっていうのは。
谷山　飛行場の中だねー。

由紀　戦争中にみんな隠れてたっていう……。
剛史　アラグスクガーもね。
谷山　島のガマはたいていそうさ。
由紀　大勢亡くなったわけね……。
谷山　まあこの辺《へん》、嘉数台地なんか激戦地だったわけだから。
由紀　チムワサワサ（胸さわぎ）してきた。
谷山　人が死ななかったガマはないんじゃない。
剛史　なんかね、ガマが苦手だーるって。
谷山　（いたのは）東京。
由紀　うん。
谷山　普天間の海兵隊は埼玉から来たんだ。本土じゃ朝鮮戦争勃発で反安保の気運が盛り上がって、占領軍基地反対闘争が起きたからねー。
由紀　ヤマトゥが大都市周辺の邪魔者を、辺鄙な土地に押しつけたってこと?
谷山　そうそう。
由紀　考えてみたら基地は原発と同じネー。アメリカーって、沖縄にどのくらいいるの。
剛史　軍属家族入れると五万人かなー。
由紀　普天間基地は。

谷山　普天間は第三海兵隊遠征隊の第一航空隊《エア・ウイング》のホームベース。所属は関係者含めて七、八百名かな。兵隊で多いのは整備士関係。独身寮は兵隊・将校合わせて四百名。

由紀　中に住んでるんだ。

谷山　妻帯者はフォスターか外。

剛史　中に入ると広いよ。

谷山　基地にあるのは滑走路や格納庫ばかりじゃない。学校、図書館、ジム、チャペル、郵便局、映画館、ボウリング場、レストラン、ＰＸ、オフィサーズクラブ。年に一度開放されるのが、フライトラインフェスティバル。

剛史　独立記念日の前後。

由紀　……。

谷山　普天間で働いているウチナーンチュは、フォスターに事務所のある警備部門除いて一八九名、昔は三百人くらいいたらしいけど。

由紀　なんだか（態度が）楽しそうね。

谷山　基地労働はおもてなし業だもの。アメリカがコンフォタブルと感じられる水準のサービスが仕事さ。

剛史　人気あるよ。相変わらず倍率高いし。

谷山　昔ほどじゃないけどね。

由紀　（剛史に）どうしてあなたは基地で働かなかったの。
剛史　親父に勧められなかった。
由紀　そう……。
剛史　うん。
由紀　まあ私も保険会社の仕事継げって言われても断ったと思うけど。
剛史　であるだろー。
谷山　あれー、比嘉さんていったよね……。
由紀　……はい。
谷山　（剛史と由紀が）幾つ違い。
剛史　四つだけど。
谷山　確からうちの妹と同じクラス。中学で。
由紀　……（確か）谷山さん。
谷山　谷山薫……。
由紀　……ああ。
剛史　知ってたんだー。
谷山　いや。初めて。
剛史　えー。

クルマ二台分の音。

由紀　あなたは、ずっと基地で働いていたいのね。
谷山　そうだよ。
由紀　辺野古に移ってもらいたくない？
谷山　辺野古に移すかどうかっていうのはもう、辺野古の問題だよ。市民投票の結果を覆して市長が受け入れると言ったり、やっぱりダメだとなったり、向こうの調整ができていないのにこっちから移せと言えるはずないから。

重臣、宮城、荘介、来る。

剛史　アゲー（なんだよ）、荘介まで。
荘介　そうよー。急に呼び出し喰らったからサー。
重臣　いまの時代は携帯という便利なものがあってねー。
荘介　便利に使いすぎばーョー。
重臣　剛史にクルマ返したら足がなくなるからネー。

谷山　運転できるのー。
荘介　(自分が) 免許取り立てやさ。
宮城　ニフェーデービタン (ありがとうございました)。
谷山　(重臣に) チャーガンジューねー (元気にしてますか)。
由紀　ハイタイ、お久しぶりですねー。
重臣　ハイサイ……、メンソーレ。
剛史　ハイサイ。(宮城のこと) こちらは、こないだの。
宮城　ハイサイ。
重臣　今日もばったり会ってからよ、いっしょに警察行ったさ。
剛史　警察に。
重臣　この人が娘さんを探しているっていうから、こういうときは警察に行った方がいいって。
剛史　で、どーだったわけ。
重臣　手がかりなしョー。あと、寿代に相談しようかと思って。
宮城　ユタシク、ウニゲーサビラ (よろしくお願いします)。
重臣　イチャリバー、チョーデー (出会ったらみんな兄弟) よ。
剛史　もっと早く警察行かないと。
重臣　電話は出ないけど、向こうからメールは届いているって。

剛史　あー。
由紀　心当たりは。
宮城　いえー。外に出たことのないヤンバラーやぐぅとぅ（だから）。
重臣　普天間を見にゆく、アメリカーのいるところで働くと言ったそうだ。
谷山　アメリカーのいるところ。
荘介　基地ってことじゃない？
剛史　そんな簡単に働けないさー。
宮城　（携帯電話を握りしめている）今日は週に一度の、メールが届く日なんです。
重臣　寿代と連絡がつくまで、ひと休みするさ。（剛史に）やー（お前）や、何か作れないのー。
剛史　ホットドッグなら経験あるしー。
重臣　（宮城に）ウサガティ（食べて）みたら。
由紀　（屋台の厨房部分を覗いて）どうなってるのー。
谷山　ほんとに始めたんですね。
重臣　定年後、組合の仕事もしないでぶらぶらしていたからね。
谷山　もうちょっと働ければよかったさー。私《わん》は定年延長運動賛成よ。（自分も）少しでも長く働きたいしねー。
重臣　まあいろいろ誤解を受けたねー。新しく若い人を入れないための運動と聞けば、反発する人も出てくるさー。

由紀　新しい人を入れない。

重臣　基地がなくなればワッター（俺たち）の仕事はなくなる。いずれ失うとわかっている仕事なのに、新しい人を入れる方がかわいそうさー。

谷山　第二組合の連中には攻撃された。

由紀　第二組合。

谷山　沖駐労さ。

重臣　復帰時には二万人いた基地従業員は九千人まで減った。我々全駐労沖縄の組合員はその八割、六千五百人。

谷山　沖駐労は十五年前できた。いま、六百人くらいかな。

由紀　相当考え方は違うんですか。

重臣　第二組合は日米安保を積極的に支持し、自分たちの「雇用の場」として基地従業員を増やそうとしている。一万人以上が目標だという。それは逆だわけさ。増やせば増やしたぶんだけその後、雇用保障に困る。俺も雇用対策委員会にいた人間だ、身分保障はすべきだと思うが、自分が基地の仕事に関わっているから基地の存続に賛成するというのはエゴだろう。まずは新しい人間を入れない。

由紀　それであなたに勧めなかったわけー。

剛史　そーさー。

重臣　基地撤去の理想を実現すれば職を失う。基地労働者は消えゆく運命なんだ。それを受け入れないと。

荘介　自分の職場がなくなるために運動しているっていうのはヘンだよねー。

重臣　俺はずっと自分の仕事をなくすために運動してきた。辺野古に決まれば現地採用になるだろう。普天間の人間は宙に浮く。半数近くを占めるメンテナンスの行き場がない。嘉手納以南が返還されたら、四千七、八百人が失職する。いちどきに解雇されてしまうのを避けるには、段階的に減らしていく。別なところに少しずつ早めに移せばいい。いまだったら救える。タイミングが重なってきたら生首が飛ぶ。返還前に三年はほしい。

谷山　全駐労は返還予定部署を回って移りたい希望をとって、解雇がないように動いている。国は面倒見てくれない。重臣さんたちが、三年前に決定すれば定年を延長する仕組みのシミュレーションを始めたわけ。

重臣　段階的だなんて言ってると、基地はなくならないかもしれないけどね。

由紀　それも原発と同じね。

重臣　恥ずかしいと思うわけよ。普天間から米軍が出て行くという流れは、どんな政治家の画策よりも、女の子の事件で初めて動いたわけさ。

剛史　そういうふうには言わない方がいいと思うナー。

重臣　どうして。
剛史　県民全体の怒りで動いたわけでしょう。
重臣　それはそうだけどねー。
剛史　「今回の暴行事件をきっかけに」というのは、好きじゃないナー。女の子のことを踏み台にしているような言い方に聞こえるから。
荘介　ニーニーはいつもそこにこだわるね。
剛史　そう思うからさ。
由紀　……十年以上経って変わったなと思うのは、本当に宜野湾は栄えてるってこと。
谷山　そう思う？
由紀　コザや名護なんかは、ほんとうにシャッター街になっちゃったでしょう。
宮城　そうですねー。
由紀　あー。
剛史　バイパス沿いの栄え方は半端じゃないよな。
由紀　県民平均所得が全国平均の三分の二しかないなかで、ヤマトゥの地方都市みたいに過疎のにおいがしない。ナイチャーは、基地の近くがこんなに栄えているのは米軍がいるからお金が降りているせいだとユカイチガイ（勘違い）するわけよ。
剛史　まあ、それも誤解でね。国からもらっているお金は沖縄県がトップだと思われているけど、そんなことない。人口一人当たりで比較すると、公的支出額順位は一位が島根県、あと鳥取、高知、秋田。沖縄は全国九位。

由紀　米軍駐留費はすごい額なんでしょ。

谷山　確かにね、思いやり予算注ぎ込んで、基地の中は毎年いつだってすごい建築ブームだよ。

剛史　そこにマジックがあるわけよ。県民には渡っていない。公共事業中心の振興策だから。ヤマトゥぬゼネコンがとってく、沖縄の会社はたいていひ孫請け。

谷山　なのに沖縄は騒いでお金もらうのが得意だとか、米国務省のケビン・メアの暴言を真に受けてる人がいる。

剛史　「沖縄はゆすり・たかりの名人」「ゴーヤも作れない沖縄人」ってね。

重臣　ゴーヤは作れないんじゃないの。勝手に育つわけさー。

由紀　でもお金をもらってる人……、軍用地主って実際いるわけだから。

谷山　まあねー。ここで働いている俺らよりも、じっとしているだけで多くの収入を得ている連中がいる。

剛史　軍用地主の平均支給額は二百万。

谷山　一千万以上で外車乗り回してるやつらもいる。

重臣　年間十八億の大地主もいるらしいね。

由紀　あんまり聞かないわよね。

荘介　もらっても黙っている人が多いってこと？

谷山　「反基地」で動いててときどきむっとするのは、そのおかげで地主の借地代を引きあげることになってるんじゃないかって。

剛史　国債より確実な投資だから。

谷山　相続税対策で地上権だけ売る連中も増えているね。

重臣　なのに自分の土地の面積をちゃんと言える人はいない。みんな広めに言う。テーゲー（いい加減）なんだ。

由紀　どうするんです。

重臣　百坪単位で切り上げして計算するしかない、でもその見なし面積で計算すると広すぎて、海まで行ってしまう。

由紀　えー。

重臣　あげすぎるわけにはいかないからね。ハンビー（飛行場）のときは一律で何％か引いた。

荘介　テーゲーナー。

重臣　まあ、本土の人のみならず、県民のなかにも沖縄経済は基地依存と信じこんでいる人が少なくない。そりゃ基地収入は六〇年代初めは県民総所得の五二％だったけど、ここ四半世紀は（県民所得の）五％にすぎない。返還後、沖縄の県民総所得は見事な右肩上がり、観光産業はとうに基地収入を上回ってる。北谷《ちゃたん》のアメリカ村が実証しているわけさ。ハンビー飛行場返還で八十倍の経済効果があった。

剛史　沖国大の学長も言っている、普天間基地が返還されれば宜野湾全体で千八百人から二千人は雇用できるってね。

谷山　そんなふうに聞くと複雑さ。

荘介　なんでー。

谷山　自分たち一八九人だけが仕事もらえているみたいでね。

剛史　そうは言ってないさー。

谷山　この街にいる以上、基地は諸悪の根源だからねー。

由紀　それじゃ基地のある街も悪いってことになる。

谷山　そこにいないとわからないことってあると思うよ。

由紀　当事者にしかわからない、当事者だから初めて言える、そんな考えでは運動を広げていくことはできないんじゃないかしら。

谷山　えー。

由紀　じゃ、私、お先に。ヘルパーさんいっぱいいるみたいだから。

谷山　ええええ。

由紀　（剛史に）あちゃーやー（また明日）。

剛史　うん……。

由紀、去る。
クルマの音。

重臣　あの人は確か、寿代の……。
剛史　うん、叔母さんたちと一緒に活動している。
谷山　（剛史に）ぬみーがいちゅみ（飲みに行こうか）。
剛史　俺のクルマ乗って帰る人いないから。
荘介　やっぱり基地は動かないのかなー。
谷山　そんなに移ってほしい？
荘介　伊波洋一市長は国外を主張して知事選に落ちたわけでしょう。
剛史　まあ国外ってグアムしかないけど。
重臣　アメリカ本土に戻すって手もある。
荘介　遠すぎるでしょう。
重臣　何言ってるのー、ここにいる海兵隊の人員はアメリカ本土の基地とほぼ半年のローテーションで入れ替わっているんだよ。
荘介　えー。

重臣　グアム移転で海兵隊は毎年四億六千五百万ドルの経費増となる。

剛史　日本の受入国支援がなくなるから。

荘介　アメリカの本音は移りたくない？

重臣　グアム基地の拡充建設費用の七千億円も日本負担。ラムズフェルドの鶴の一声でグアムに全面移設も夢じゃなかった。ところが日本政府のほうが「いてくれ」というから「それじゃ一万人はいてもいいよ」ということになった。これだけの遅延は日本の責任だということで、また負担額は増額さ。

剛史　でもアメリカの上院は年度予算から、海兵隊のグアム移転費用一億五千万ドルを全額削除すると決めた。

重臣　事実上リセットだよ。国防総省もグアム移転基本計画をいまだ提出していない。

谷山　グアムは沖縄の代わりにはならない。

荘介　だーるの（そうなの）？

谷山　ならないよ。

荘介　なんで。

谷山　海兵隊は沖縄が好きであるわけさ。

荘介　居心地いいから？

谷山　もう五十年ここにいるんだよ。

重臣　「思いやり予算」があるからさ。
荘介　そうなの。
谷山　俺は海兵隊の連中が普天間という街じたいが好きなんだと思うよ。

宮城、びくっとして立ち上がる。

重臣　どうしました。
宮城　（携帯電話のメールを見ている）……なんでかなー。
重臣　なんて？
宮城　……ヤナ、ハンダヤーヤ（おてんば娘）。
重臣　うん？
宮城　探さないでくれと。
重臣　……あぁ。
宮城　子供じゃないからって。
重臣　……そうですか。
宮城　……。
剛史　わかってるんですかね、あなたがここにいるって。

宮城　おそらく。
重臣　そうかー……。

一同、動かない。
溶暗。

沖国大事件　検証

暗闇に浮かぶ、美里。
自室でスタンドの明かりだけをつけているのかもしれない。
その想念から発展して……。
ゆっくりと現われる、他の人々。
同僚の新城良江、そして、寿代、由紀、博巳もいる。

由紀　二〇〇四年八月十三日の金曜日。
ある人　アテネオリンピック開幕の日。
美里　強襲揚陸艦エセックスは佐世保を出港、沖縄ホワイトビーチへ。
寿代　翌十四日、イラクに展開予定の第三十一海兵遠征部隊に合流。ハワイから岩国を経由して来た第二六五海兵隊中型ヘリ部隊を載せるため。
ある人　一三時五六分五〇秒、墜落機は普天間基地を離陸。約十八分の点検飛行ののち、帰還を告げた。
ある人　一四時一七分一六秒、管制塔。
管制塔　「飛行場管理者が滑走路上で貴機のものと思われるテール・ポジション・ライト（位置灯）

を発見した」
ある人　突然機体が不規則に揺れ、旋回。
ある人　パイロットはラダー・ペダルを踏み込んだが作動せず。
由紀　一四時一七分四五秒、緊急事態を宣言。
ある人　制御を失った機体が右下方に一八〇度回転。
ある人　自動操縦からオートローテーションに切り替え。
ある人　一八分〇二秒、メイデー（遭難緊急信号）発信。
管制塔「航空機と連絡が取れない。基地の二マイル南東に落下した！」
別のヘリのパイロット　「ドラゴン25が機首を下げながら、右回りの螺旋状に落ちていった。一回転半ほどしたところで視界から消え、直後にオレンジ色の火の玉が見えた」
また別のヘリのパイロット　「管制塔、そちらからもファイヤーボールが見えるか」
美里　五百メートル離れた場所で、迎撃用スティンガーミサイル中隊が行軍訓練中だった。
良江　事故機の尾部が落ちるのを目撃、二等軍曹の命令により現場へ急行した。
ある人　イラクから帰ってきたばかりの部隊。
ある人　数十人が高さ約三・六メートルのフェンスを乗り越え、なだれ込んだ。
ある人　九号館付近と第二駐車場を走り抜け、
博巳　三分後。

美里　彼らはすごい剣幕で、
良江　「来るな」みたいなジャスチャー。
男子学生　拳銃持ってたよ。
由紀　機体の爆発は大小合わせて十回ほど起こった。
寿代　黒煙は十メートル上空まで立ちのぼった。
ある人　宜野湾消防署はポンプ車、救急車総動員体制で現場に向かう。
消防隊員　渋滞し到着は二七分。
ある人　油のにおいの混じった異臭。
美里　墜落直後、火炎が上がる操縦室から「ヘルプミー」。
大学職員　近くの草むらから、頭や顔から血を流した米兵が這い出てきた。
消防隊員　脱出する乗員を全員救助。
大学職員　一人重傷。
博巳　目の前に総合病院があったが、負傷者は北谷の海軍病院に運ばれる。
ある人　一四時五〇分、小泉首相は事故のことを聞きながら、『ディープ・ブルー』という映画を観はじめる。
由紀　最大の爆発は墜落から十分後、炎は三階建ての一号館を越えるほど高く上がった。
消防隊員　米軍の消防科学隊に燃料の種類や弾薬の有無を聞いたが。

米軍消防科学隊　「わからない」
米軍消防科学隊　「答えられない」
消防隊員　情報のないまま油脂火災と判断し、大量の界面活性剤を噴霧。
由紀　一五時〇八分、鎮火。
美里　火が消えてもゴムが焼け焦げたような悪臭は消えず。
ある人　機体は熱で変形、くしゃくしゃの紙くずのよう。
男子学生　アメリカ兵は百人はいたと思う。
美里　怖かったのは米兵！　銃を構えて入ってきた。あっと気がついたら目の前に。
良江　一五時三〇分、米軍は墜落現場を立入禁止区域に指定。
大学職員　機体の四方に黄色いテープを二重三重に張り巡らした。
テープの文字　「keep out（立入禁止）」
テープの文字　「the scene of the crime（犯行現場）」
消防隊員　ヘリに学生が押し潰されていないか確かめたい、調査をさせてくれ。
米兵　「民間人は入れない」
米兵　「安全上の問題」
消防隊員　消火が終わったら消防隊員は用無しか。
米兵　「ゴーアウェイ」

機動隊員　ルールを守れ。
男子学生　何がルールだ。
ある人　不法侵入しているのは米軍だ。
消防隊員　機体に指一本触れることができない。
良江　県警は既に妥協、ヘリの直近は米軍、周辺を警察が警備すると合意していた。

米兵たち、手や軍帽でカメラのレンズを遮ろうとする。

米兵　「ノー。ノー」
米兵　「ダメ、ダメ」
米兵　「カメラ。ダメ」
学生　「How come? This is university property. Not military base.」
米兵　「カメラ。ノー」
米兵　「ノーピクチャー」
米兵　「ノーカメラ」
米兵　「デンジャラス」
機動隊員　「基地に向かってカメラを向けるな」

由紀　マーシー協定を踏み越えた妨害。
抗議するカメラマン、学生。
フィルムを取り上げようとした米兵と激しくもみ合い。
ある人　カメラはとられてもテープは渡すな。
米兵「ＩＤを見せろ」
米兵「テープを出せ」
寿代　米兵は、一時的に記者とカメラマンを拘束。
カメラマンに迫っていた米兵二人が逆に追い詰められる。
上官が羽交い締めにして、なんとか米兵を引き剝がす。
ある人　これは占領下だ。
ある人　ここはイラクじゃない。
ある人　大学の自治はどうなった。
寿代　十数台の宿営用車輌が食料、照明器具、テントや簡易トイレを運んできて、一号館と図書館の間に無断で宿営。

ある人　笑い声、ホットドッグ、コーラ。

ある人　ピザ屋のバイクだけは入れた。

ある人　武装したMP。

女子大生　事故のあと、ベースに戻ろうとしている軍人にナンパされました。こんな時にこんなことできる兵隊の気が知れない。何をしにここに来ているのか……、「事故より女」な考え方が、超キモい！

博巳　一夜明けた十四日早朝、海兵隊は暴動鎮圧用ライオットガンを装備。

由紀　銀色の防御服とマスクに身を包んだ完全防備の米兵数人が、鎮火した機体に白い薬剤を撒き始めた。

ある人　あいつらなぜガスマスクをしている。

ある人　放射能か有毒ガスか。

寿代　十五日、海兵隊はCA2輸送機のタッチアンドゴーを再開。

ある人　小泉首相は夏休みを理由にアテネ五輪テレビ観戦に明け暮れ、稲嶺知事にも会おうとせず。

由紀　十六日、米軍はヘリの撤去作業に着手。

ある人　無許可で現場周辺の樹木の伐採を開始。

良江　黄色と銀色の防護服。
美里　最高度の危険レベルA対応の装備だ。
ある人　放射能測定器？
寿代　尾翼とメインローター、補助タンクを撤去。
良江　付近の土壌を三十センチ掘り下げ、持ち帰った。
美里　一号館外壁のすすまで採取。
ある人　この日、小泉は歌舞伎の『元禄忠臣蔵』を見ていた。
由紀　外務省は米軍による「現場封鎖」を追認。
外務官僚　「地位協定一八条五号に該当する」。
博巳　米軍は機体を本国に運び去った。
ある人　八月十九日一三時五〇分、現場の管理権が沖縄県警に移譲された。
美里　七日間にわたる米軍の大学構内占拠は終わった。
良江　事故機は一九七〇年に就役、ベトナム戦争から三十四年間、総飛行時間七二九五・二時間の老朽機だった。
寿代　……事故の原因は整備不良によるボルトの欠落。
ある人　「操縦操作を後部ローターに伝える機構の一部に、ボルトを固定するためのコッター・ピンが正しく装着されていなかった」

ある人　整備兵は省略型の整備コースをとっていた。
ある人　さらに簡略化した裏コース。
ある人　かなり以前から恒常化していた。
ある人　引き継ぎミスで装着ミスを発見できなかった。
良江　未成年者も含む整備兵たちは、間断なく飛来するイラク派遣ヘリを相手に、一日十七時間もの過酷な勤務体制。
ある兵士　「過労のため部品が装着できません」
伍長　「睡眠不足で自分の手が震えているので、テール・ローター・ブレードの調整において助けを要請します」
由紀　沖縄県警は被疑者氏名不詳のまま乗員の軍曹ら四人を書類送検。
寿代　那覇地方検察庁は全員を不起訴処分とした。
美里　八月二十日。ヘリ二十機と海兵隊二千人がイラクに派遣された。
ある人　普天間がもぬけの殻になったようだった。
ワスコー司令官　「最初降りようとしたグラウンドでは学生たちが練習中だった。墜落に際し、操縦士がヘリを人のいないところに持って行ったというすばらしい功績があったことを申し上げたい」
ある人　トーマス・ワスコー在日米軍司令官。

ワスコー司令官　「あのあたりで一番、緑があるところに不時着した」
良江　九月十二日、事故現場沖国大グランドで抗議集会が行なわれ、主催者発表で三万人が参加。
博巳　一九九五年十月に八万五千人が集まった、米兵による少女暴行事件に抗議した県民総決起大会以来の、大規模な集会。
美里　事件はSACO合意に基づく普天間基地辺野古移設に反対する世論を強めた。
良江　これで基地問題は動くという高揚感はあった。
美里　ええ。
良江　沖国の事件で歴史は変わる。
寿代　でもそれは錯覚だったのよね。

いつしか空間は、沖縄国際大学の構内になっている。
本館と駐車場の間の小さい広場。
部分的に焼け焦げている、短くなったアカギの樹……。
美里、良江、寿代、由紀、博巳だけが残る。

良江　八月十六日、米軍は無許可で樹木の伐採を開始した。被害を受けていないホルトやアカギまで根元から切って、チェーンソーを当てようとしたとき、事務局長が出てったのよね。

「この樹は切るナー!」って、テープを越えて立ちふさがった。
美里　……このアカギが救ってくれたの、私たちを。
博巳　そうなの?
美里　アカギの樹が黒焦げになって機体を受け止めてくれたおかげで、校舎に当たったたヘリが跳ね返ってくることはなかったわけ。
寿代　こうして実物が残っていると話がリアルよね。
美里　やっぱり壁も残すべきだった。
由紀　建て直す前の本館の、黒こげになった壁のことですか。
良江　そう。そこにあった。
美里　三階から一階にかけて袈裟懸けみたいに太く残った焼け跡……、回転するローターがぶつかった無数の爪痕がついてた。
寿代　大勢の人が観に来たさ。ちょっとした観光コースになってたよー。
美里　一番腹立つのはうちの大学。
良江　新学期が始まって（我々）教授会は大学に「記憶の壁」保存を求めた。
美里　学生も署名を集め要望書を提出。
寿代　地域全体に広がった。
美里　学長は新任だったから人の言いなり。「保存の話は正直驚いた、私には黒くすすけた壁にしか見えない」「美術館が壁を欲しがっているようだからそこに持っていけばいい」

寿代　佐喜眞美術館に寄贈しろって。

良江　取り外して別なところへ持ってっても意味はない。

美里　当日の現場を知る身には、あの壁を見るのはほんとうに怖い。思い出しても涙が出る。でもたくさんの人に見てほしい。

良江　反対派はそこを使ったわけ。「見ることによって心の傷が甦る」。

由紀　……広島の原爆ドームも、アウシュヴィッツも、ショックを受けますね。

寿代　ええ。

由紀　でも社会の共有体験として考える契機になる。みんなで向き合うから、立ち直れる。

美里　そうね。

寿代　「性暴力被害者支援ネット」もそれをめざしたいの。ほとんどの事案が個人的な体験だけど、共有することで乗り越えたい。

良江　うちの大学（沖国大）の人権委員会がセクハラ問題で寿代さんたちと連携することにしたのも、そういう駆け込み寺が必要だったから。

寿代　ネットワークは米軍に特化していないけど、やっぱり出てくるのはアメリカの問題。

由紀　実際に声を上げたり集会に集まったりする人だけじゃないと思うんです。忘れたいと思ってその話題を遠ざけている人だって、逃げ出さないで受け止められるように、少しずつ……。

寿代　誰かが声を上げていれば、本当に辛くて一人じゃいられなくなった人の、話し相手になれる。
良江　事務局長（寿代）の電話がライフラインになってる。
寿代　（携帯電話を示し）電話番号の責任者ってだけー。
博巳　……大学でのセクハラも、それだけ深刻なんですね。
寿代　あなたの琉大は、セクハラ相談員だった教授がセクハラ。しかも反戦平和派で稲嶺知事を批判してた教授だったりしたから、ややこしいの。
博巳　ヘリ墜落の直接の加害者は米軍だけど、当時の体制を維持したままの日本政府も事故被害者を抑圧し続けている。
良江　辛い体験から抜け出せないって絶望感を与えるという意味じゃ、セカンドレイプと同じね。
寿代　だっからさー。ウチナーンチュは珍しく期待したわけ。政権交代で鳩山民主党が「沖縄の負担軽減」「国外、少なくとも県外」って言ったから。あの人ピリンパリンきれいなことばかり言うわけ、「美しい海を埋め立てるのは自然への冒瀆」「辺野古に決めるんなら私を殺してから、辺野古のオジイ、おばあを殺してから決めなさい」
良江　所信表明演説だっけ、やたら「命の大安売り」。ガンジーまで持ち出して、アメリカに対する無抵抗主義。
美里　アメリカから見れば民主党は政権当初「反米」「政治主導」。よほどのネゴシエーションをするかと思えば何もしない。

良江　「最低でも県外」が怪しくなった頃、当時の伊波洋一市長がアメリカのグアム案を伝えて助け船を出したのに、真に受けなかった。

由紀　オバマは最初から辺野古だったと思う。

寿代　「トラスト・ミー」ってウチナーンチュに言ってほしいね。

博巳　仲井眞知事に「かつては海兵隊が抑止力と思わなかったが学べば学ぶ程抑止力として機能していることがわかった」と言ったのには、心底驚いた。

由紀　あとになって「海兵隊の抑止力は辺野古回帰の理屈付けのための方便」と言ったけど。

寿代　ぼってかすー（だめなやつ）。

博巳　あの人の言うこと、何も信じちゃいけないってことだよ。

寿代　「抑止（よくし）」は「ゆくし」、ウチナーグチで嘘のこと。

由紀　岡田外相の言う「沖縄の皆さんが『県内移設はやむを得ない』と思う状況をつくっていく」というのは、脅し以外のなにものでもない。

美里　首相が誰になっても変わらない。

良江　彼らを支えているのは国民の無関心。

美里　……学内でもヘリ墜落が話題になることはほとんどない。

良江　学生の大半は基地問題に対して「なくなれば通学がグッと楽になるのに」というくらいの

認識しかない。
寿代　七周年をアピールする方法があればいいんだけど。
美里　プロテストバルーンはどうかしら。
由紀　何ですか。
美里　事故の一年後、米軍ヘリ飛行に対する抗議と牽制で、本学五号館屋上に「NO FLY ZONE」のアドバルーンを掲揚したの。
由紀　五号館。
良江　行ってみる？　いちばん基地に近いの。
美里　三階から基地が見渡せる。
寿代　あなた（美里）の研究室のある……。
美里　そしたら、基地の機能って案外もろいのね。
良江　安全基準の四五メートルを超える高さに浮かんだから、飛行停止状態になった。
寿代　そうなのー、たまたま飛ばない時間が長かっただけじゃないのー。
由紀　……いま、みんなの関心事って放射能でしょう。
博巳　あー。
由紀　もしもあのヘリが核兵器を搭載していたら。
良江　多くの人が亡くなったかもしれない。

由紀　普天間も沖国大もずっと立ち入り禁止。施設全体が朽ち果て、米軍機も人間も、誰一人いない。

美里　マリン兵が新聞のインタビューに答えてたわね、「誰も死んでいないだろ、どうしてそんなに騒ぐのかわからない、バカみたいだ」って。

良江　私は最初、劣化ウラン弾の搭載を疑った。放射能の「ごみ」で作った爆弾。戦争という建て前の核廃棄。

由紀　ストロンチウム90という放射性物質が飛び散ったんですよね。

良江　メインローターの安全装置に使われてた。

美里　六個のステンレス容器のうち一個が未回収、大使館の回答では機体の燃焼で気化した可能性が高いっていうけど。

良江　沸点はそんなに低くない（はず）。

美里　消防隊員たちの健康診断は異常なしだったけど、汚染の可能性のある物は米軍に運び出されたあとだったし、調査はいい加減だった。

良江　原発事故で有名になった小出裕章さんが分析してくれた。ストロンチウム90は劣化ウランより危険な猛毒だって。カルシウムと同じ元素群に属しているから、骨は積極的に栄養として取り込もうとするわけ。ひとたび体内に入れば骨を集中的に被曝させることになる。

博巳　骨を。

良江　（美里に）だよね？
博巳　被曝した骨ってどうなるんだろう。
美里　それは影響あるわよ。密度が減って……。
博巳　……うん。
寿代　お母さんの研究に関心出てきたわけ？
美里　こないだ、発掘のボランティアに突っ込んだの。
寿代　ああ。
博巳　戦死者の骨が、真っ白な、人間の寝てるように並べられた形で埋まっているわけじゃないことはわかってたけど、ほんと、ばらばらになって、土砂に紛れてた。素人目には石灰石の切れっ端と区別がつかなかったんだけど、洗い清めているうちにだんだん見分けがつくようになってきて。けっこう強いんだなあ、人間の身体って……。
寿代　公共工事のたびに人骨混じりの土砂が運び出されてゆくわけよ。遺骨が残留した土砂は県内各地で埋め立てや土壌改良に転用されているけど、普天間が返還されたら、また本格的に遺骨を集めることになるわね。
良江　そのときは丁寧に取り出してあげたいね。
寿代　一日も早く供養してあげたい。フェンスの向こうに親戚が大勢埋まっているから。会ったことのない人たちばかりだけど。

由紀　……原発事故で、発電所に近い、放射能濃度の高いところにも、亡骸がいっぱい残されているらしいですね。
美里　ああ。
由紀　埋葬しようにもできなくなっているらしいです。
寿代　近づけないから?
由紀　大気中の放射能値が落ちてもダメみたいです。亡骸じたいが亡くなった後に被曝して、生きてる人間が触っちゃいけない濃度みたいです。その放射能は何万年も減らないって。
寿代　アキサミヨー。
美里　……どこか似ているのね、基地と原発って。
由紀　はい。私もそう思うんです。どこか似ているんです、基地と原発……。

溶暗。

我如古の家の庭

路地の向こうに、沖縄のごく普通の民家がある様子。
その庭。
奥に、斜面の駐車場になっているコンクリートのたたき。
中央やや上に、マンホール状の蓋。
庭には石、部分的に芝生。
庭用の水道の蛇口。
ライトバンの「Futenma Sandwich Shop」屋台。
斜面ぎりぎりのところまで、つけてある。
カウンター等は狭い空間に工夫して置かれている。
剛史、谷山、路地を来る。

剛史　クルマはあるのにいないねー。
谷山　あー。
剛史　いいよもう、送ってもらっただけだから。
谷山　どぅーぐりさん、やしが……（言いにくいんだけど）。

剛史　さっきから何さ、てぃーはごーさん（もどかしい）。
谷山　……迷ってたんだけど。
剛史　なに。
谷山　ヘンなこと言っていい。
剛史　ヘンなことなら言わない。
谷山　由紀ちゃん。
剛史　なに。
谷山　噂があったことは知っている？
剛史　……噂。
谷山　高校のとき、どうして転校していったか。
剛史　親の転勤だはずよ。
谷山　親が保険の仕事だったから転勤も不自然ではないって人もいたみたいだけど。地元の人脈で仕事してたのに引っ越すことないものね、親だって。それだけ娘のことを考えていたということなんだろうけど……。
剛史　……。
谷山　嫌なヤツと思わないでほしいさ。他のヤツから耳に入るより友達の俺から聞いた方がいいと思うわけ。

剛史　いや。
谷山　……なに。
剛史　言うな。
谷山　……ああ。
剛史　言わない。
谷山　悪く思わんでくれ。
剛史　思わん。
谷山　ほんとになー。
剛史　ほんと。
谷山　ああ、
剛史　別に驚きもしないし悪くも思わないよ。お前の言いそうなことだからさ。
谷山　剛史ー……。
剛史　いーよ。
谷山　あんしぇー、ユルチ、クミソーレー（許してくれ）……。

谷山、去る。
平良しのぶ、家から出てくる。

脇腹を押さえている。

しのぶ　オジイならすぐ戻るよ。

剛史　はい。

しのぶ　あぃー、見るからにマブヤー抜ギーン……（魂が落ちている）。

剛史　なんですか。

しのぶ　イヤー、関わりたくないから何《なん》も言わない。

剛史　ええと、こちら、平良一義さんのお宅でしょうか。

しのぶ　はい。孫だから。ンマガ。

剛史　あなたが。

しのぶ　オジイに乗せられて来たんだね、あんたの父さん。

剛史　ああ……。

しのぶ　相手してあげてね。年寄りはなるべくいろんな人と話してないと、すぐ見えるものが狭くなるからー。……さっきの人（谷山）かわいそうだよ。あんた恵まれてるさー。いろんな人が放っておけなくなる。甘え上手な人は自分がそうだって気づかないもんだよーねー。

剛史　……。

しのぶ　（剛史が）あぃー、感じるねー感じるねー（感じやすい感じやすい）。このへんにしといてね。

私はどっちかいうと生きてる人のことにはあんまり関わりたくないからサー。
剛史　……生きてる人じゃなかったら、死んだ人？
しのぶ　だいたい身体のどこかが痛くなってくるの。脇腹が多いんだけど、理由があるはずよ。がちがちーに堅くなってくるわけ。誰かが何かしてくるわけよ。
剛史　いまもですか。
しのぶ　何か引っ張られてるわけ。自分を見つけてくれーって、そういう何か……。
剛史　電波というか信号というか。
しのぶ　見たことないからわからんさー。どっちからとか感じられるときと感じられないときがあってねー。
剛史　僕じゃありませんよ。
しのぶ　女よ、女。女の人《いなぐぅ》に呼ばれていたんだけど。あなた（ひょっとして）？
剛史　いいえ。
しのぶ　ごめん。からかった。
剛史　その辺にいるんですか。
しのぶ　だから生きてる人じゃないし。
剛史　僕には見えない？
しのぶ　べつにうちはユタヌヤー（ユタの家）じゃないし、私も好きでこういうことになっているわけじゃないからねー。

剛史　よくそうなるんですか。

しのぶ　典型的なケースはね、一人か何人か立って、哀しい顔してる。たぶん、戦争で死んだ人たち。親兄弟にまつってもらえないんだはずね。遺骨代わりに四九個の石拾われて、祀ることは祀られたとしても、本人が望むところにいないんじゃ、仕方ないさー。

剛史　その人たちをどうするんです。

しのぶ　連れて行ってあげないと。

剛史　どこにです。

しのぶ　どこにって。

剛史　……。

しのぶ　行きたがってるところにサー。

エプロン姿の重臣、平良、荘介、来る。

重臣　……あんまり人通りないですね。

平良　看板出したから大丈夫。

重臣　「サンドイッチシャープ営業中　↓（やじるし）」だけでわかりますかねー。

平良　……そりゃ何もしなかったら、こんなところに客来るわけないさ。
重臣　呼んでくださった平良さんがそれ言いますか。
平良　泡盛（シマザキ）でもどーねー。
重臣　営業中だからー。
剛史　父さん、……（平良に）お世話になります。
荘介　（剛史に）えー、来てたばー。
平良　（見て）……クルマ駐車場の奥まで突っ込んだら広く使えるさ。
重臣　車体を斜めにするとなんか危ないかと思ってねー。入れられなかったサー。
しのぶ　気にしなくていいですよー。
重臣　あー。
しのぶ　そんな、もしもそうだったら、ふだんクルマ置いている私たちが罰当たりになってしまいますから。
剛史　なに？
重臣　いや、駐車場のマンホールの下がガマの入口になってるって。
剛史　ガマ。
荘介　あー。
平良　マンホール開けたら、井戸があって。その井戸の横穴が、ガマに繋がってる。

剛史　井戸ガマ。
重臣　ガマの上にクルマを置いて店は開けないサー。
しのぶ　イヤー、井戸は井戸ですよー。クシヌカー（湧き水）のウタキじゃないし。
重臣　だけどねー。
しのぶ　あー、それを心配なさってるんだったら、あれです。そこの井戸の下では、どなたも亡くなっていません。
重臣　そーねー？
しのぶ　ええ。
平良　（荘介に）じゃあいよいよ戦世《いくさゆー》の戦世らしいところに入ろうか。
荘介　はい。
剛史　なに。
重臣　荘介に戦争の話をしてくださっているわけさ。
剛史　……。
平良　沖縄のバスガイドが牛島司令官のことを「立派な人」と持ち上げていた。これではいけないと、沖縄戦の真実を調べて多くの人に知らせる活動を始めたわけよ。
剛史　長い話になりそうですね。
平良　長い。

剛史　……。

しのぶ　お願いします。

重臣、屋台の用意をしている。

合間を見て、他の者たちに飲物を出したりする。

平良　昭和十九年の夏頃、宜野湾にも日本軍が駐屯するようになった。徴用に供出、飛行場や陣地の構築にも狩り出された。「十・十大空襲」で、那覇は壊滅。「絶対国防圏」サイパンも陥落。沖縄が戦場になるという予感通り、第六二師団が駐屯、上陸地に陣を構えた。兵力約九万の第三二軍は上陸地点での決戦を避け、司令部のある首里から北に同心円状に築いた主陣地で決戦すると決め、嘉数高台をその北端に設定した。

荘介　一般住民も動員されたんですね。

平良　「軍官民共生共死」、飛行場建設・基地構築のため全村民が動員され、非戦闘員の学童も疎開せず、男子は防衛隊に招集。見分けるのは足を見ればいいわけさ。兵隊は軍靴、少年兵は裸足、あとは地下足袋。

荘介　裸足なんだ。

平良　区長は先見の明があったね。三月二十日頃から家ごとの避難を決めた。防空壕よりガマへ、南部に逃げる人もいた。三月二十三日空襲、二十四日は砲射撃、三ヶ月にわたる「鉄の暴風」が始まった。二十六日慶良間上陸。いよいよ本島上陸かという三月三十一日、友軍の兵が我如古部落の住民を追い出して集落の家も森も焼き払った。迫り来る米軍を迎え撃ち高射砲で狙いをつけるとき、視界を遮るからさ。

荘介　ああ。

ちょうど、しのぶ、剛史、マンホールの蓋を開け、覗いていた。

平良　そのガマに部落の住民が入ったのはその日さ。

剛史　あぁ……。

荘介　平良のおじぃも入ったの？

平良　その頃俺《わん》はやんばるに疎開していたわけよ。

荘介　ああ。

平良　多いときは三十人が隠れたというね。

しのぶ　戦時中は縄梯子を伝って降りたみたい。いまは梯子を突っ込んで、中が暗いから電気引《ひ》ーて、下りる。

剛史　（井戸の）直径一メートルくらいしかないけど。

平良　四メートル降りたら横穴があるはずよ。
剛史　……見えない。
しのぶ　どうぞ。（剛史に懐中電灯を出して渡す）横穴は高さ一、二メートル、幅は狭くて二メートル、広い所で六メートル、玉泉洞ほどじゃないけどずっと繋がっている感じ。二百メートル近く延びてる。
剛史　（覗いて）あんな穴から入るんだ。
しのぶ　集落の地下を東南から北西に延びる鍾乳洞に続いてる。井戸に繋がる洞口は五箇所。
荘介　そういう井戸が他にも。
平良　入口が井戸なのでなかなかアメリカ兵に見つからなかったわけ。投降したのは一九四五年五月十四日。最後は白煙弾を打ち込まれ、井戸が繋がっていることを悟られた。「出て来い」「手を挙げて出てきなさい」って言ってもダメだわね。すでに捕虜になったウチナーンチュが投降を呼び掛けて、「私は幸せです。あなたたちも行こう」と言うので、何も考えず出て行ったというね。
荘介　なんか最近見つかりませんでしたか、映像が。住民が米軍に救出されるシーン……。
しのぶ　平和祈念資料館がアメリカの公文書館から購入した沖縄戦の記録フィルム。
平良　このガマさ。
剛史　そうなんだ。

荘介　井戸から大勢の人が出てきてびっくりしました。
しのぶ　向こうの専門家は井戸の中から出てくる人たちの着物が濡れていないのを不思議がっていたというね。まさかあんな曲がりくねったガマがあるとは思わないだろうから。
荘介　米兵が次々と住民をロープで引き上げて……、最初に出てきたのはセーラー服の十歳くらいの子でした。にっこり笑ってた。
平良　あの家族はその日の夜に南部へ逃げるつもりだったらしいから、見つけられたおかげでよそで戦闘の巻き添えにならずにすんだねー。

しのぶ、箱を持って戻ってくる。

しのぶ　案内してもいいよ。私。二回くらい入ったことあるから。
剛史　簡単に降りられそうにはないなあ。
平良　けっこう手間かかるさ。この人数じゃ無理さ。
荘介　そうなんだ。
剛史　あー。
平良　準備して、そういう機会を設けましょう。たまに「見たい」という人、来るから。
重臣　見られるんですか。

平良　奥の方はいくらか土砂で埋まっていますが、状態はいいはずよ。
しのぶ　これ。（スケッチブックを渡す）
平良　ああ、糸満にいる孫が何年か前、夏休みに描いた自由研究。写真もついてるよー。
しのぶ　これは中から見つかった物の一部。

しのぶ、箱に入っている食器や壺、ガラス瓶を見せる。

重臣　……サクラビール。
荘介　こんなのあったんだー。
重臣　復刻版出したら売れるかナー。
平良　住民が避難したあと、読谷《よみたん》から嘉手納の海岸に約十六万人の部隊が上陸した。
荘介　四月一日。
平良　海は米艦船千四百隻で埋め尽くされた。上陸前の砲爆撃は熾烈を極め、三十平方メートルに二五発平均、十万発ともいわれる。地上の建物をすべて吹き飛ばし、毛布を敷くようにびっしり撃ち込まれた。午前八時三十分上陸開始。日本軍は水際作戦をとらなかったため、米軍は「足も濡らさず」無血上陸。その日のうちに旧読谷・嘉手納飛行場を占領。翌日宜野湾村北側に到達、東海岸までを確保。四日には早くも野嵩《のだけ》に収容所を設け南進。嘉数《かかず》北のメーガーラを挟んで激しい戦闘。標高九二メートルの嘉数高地に迫った。日本軍は上等兵以下を外で戦わせ、下士官クラスの兵隊は壕から出なかった。青木少尉は、地元の兵士に「自分の島は自分で守れ。従わないなら軍のメシは食うな、土を食え」、土を口に押し込んだ。

荘介　ハッサミヨー（ひどいな）。

平良　日本軍は国体護持の持久戦を戦うため、南北に貫通した強固な地下陣地を作った。嘉数高台十六日間の激闘だった。……終盤の四月十九日、米軍のM４戦車が二十両余り来た。地下足袋の兵士が木の枝をかけて偽装、タコツボに潜み、爆雷を背負い、戦車の下に潜って自爆した。骨も何も残らない。ほとんどが地元の防衛隊員と初年兵。肉弾戦法で敵戦車三十のうち二二両を破壊した。圧倒的物量の米軍が一日百メートルしか進めない。嘉数高台を日本軍が七回奪還した。

重臣　半数以上の米軍が嘉数で死傷したというね。

平良　米軍は「ありったけの地獄を一つにまとめた戦闘」と言った。多数の精神異常者を出した。懲りた米軍はその後火炎放射器で洞窟陣地を焼き払う「馬乗り戦法」を採用した。……二十三日までの戦いで、嘉数部落七〇四名のうち三三六名が犠牲になった。三人に一人が死んだ沖縄戦のなかでも激戦地だった。「鉄の暴風」とは嘉数のことであった。首里に近づいたシュガーローフの戦いと並んで、米兵に多大なストレスを与えた。ともあれ首里は陥落。

荘介　五月二十九日。

平良　掃討戦で南部に追い詰められ日本軍は敗走した。南部に避難した村民も大勢死んだ。
重臣　南部では日本軍にスパイ扱いされたりしたともいいますね。
平良　六月頃はもうこのあたりは米軍の支配下だった。日本本土爆撃のために普天間飛行場が作られた。
重臣　言ってみればこの宜野湾、普天間基地は、アメリカがそれだけの血を流して手に入れた場所だーるわけだね。
平良　「沖縄は戦利品」というのがアメリカの本音さ。もともと自分たちのものだと思っているわけよ。
荘介　（来訪者に気づいて）あ……。

　　ふみ、寿代、美里、来る。
　　皆と挨拶しあう。
　　三々五々、座ったり、周囲を眺めたり……。

重臣　ハッサミヨー。お客だったら良かったのに。……母です。
寿代　ウィナグワットゥ（妹）の寿代です。こちら沖国大の北峯先生。
美里　初めまして。

平良　ハジミティヤーサイ（はじめまして）。
ふみ　息子がお世話になっています。ご挨拶にと思いまして。
平良　どちらからでしたか。
ふみ　佐真下《さました》さー。
平良　ハッサビヨー（さて）、元気そうで。幾つですか。
ふみ　八十を余っていることは確かだね。
寿代　八十過ぎたら数えなくていいさ、沖縄《おきなー》では。
ふみ　大きな声でごめんなさい。耳が遠いと声が大きくなるさー。
寿代　おばあ補聴器できないわけさ、米軍機が急にすごいボリュウムで来るでしょう……。
しのぶ　孫のしのぶです。
平良　そのうち片づいてくれれば晴れて一人暮らしサー。
寿代　あー。
平良　なんだかヤマトゥの人には沖縄は大家族が一般的と思われているみたいだけど、年寄りの一人暮らしも全国トップレベルさー。
しのぶ　そんな簡単に一人になれないサー。
剛史　老後を沖縄で過ごしたいなんてヤマトゥの人もいるけどー。
美里　私はそのつもりです。

重臣　そうですか。
美里　まあ仲良くしてください。
平良　大歓迎ですよ。先生や警察官はなかなか地域のコミュニティには混じらないから。
剛史　軍用地代を頼りに生きているお年寄りもいるから、普天間をいますぐ返すと言われるとたいへんなんですよね。十六年分を一括払いでもらってたり、担保にお金借りてたりしますから……。
寿代　（剛史が）仕事熱心だはずよ。
ふみ　宅地一坪がコカコーラ一本の値段だった時代もあったのにねー。
平良　収容所はどちらでした。
ふみ　えー。
平良　終戦後戻ったので、どこかでいっしょだったかもしれない。
ふみ　野嵩の部落、収容施設に使おうと考えて、米軍が焼かなかったところさ。
平良　やっぱり。
重臣　私もお目にかかったかも。赤ん坊でしたが……。
ふみ　民間人はシビリアン、兵隊とは分けて収容されたさ。
平良　（自分が）兵隊の歳、や、あらん（兵隊のでは、ない）。
ふみ　ＤＤＴ……、ノミとシラミが一杯でねー、思い出したらご飯が美味しくなくなる。

美里　宜野湾の人たちを野嵩だけで収容したんですか。

ふみ　豚小屋、山羊小屋、屋根のあるとこならどこでも、板を探してきて敷いて、狭いので横向きにならないと眠れなかった。足は土間にはみ出てた。一軒に二十人くらい寝ていたね。被る物はないさ。そのまま。普通の家なら五十人以上。私の寝ていたところは三二人がいっしょに住んで、一日一食も食べられなかった。班長はいい人、名護人《なごんちゅ》だったね。トタンと木の家で……。

美里　どのくらいいたんです。

ふみ　どうだったかね。五ヶ月でも終わらない。食べるものがなくて、イモも配給。もらえる量は「あたる」物によって違う。まあ、欲の深き人は大きくとるさ、いまも変わらないね。捕虜になるまではなんでも拾って食べてたんだから、文句はないさー。なにしろ一万人収容だから水不足でね。五十人に一つの便所だったわけよ。

美里　衛生面は問題が多かったと……。

ふみ　なんの病気もしなかったね。転んで怪我しただけ。

美里　なんだか私が質問してしまって（話が続いてしまった）……。

重臣　いやいや、今日は荘介が平良さんに戦争世《いくさゆー》の話を聞いていたところだーるわけよ。

ふみ　石川の収容所に移ったら、作業の合間に缶詰やレイション、ポケットに入れて「戦果」にしてたねー。鉄くずが収入源だったからね。イノシシと間違えて殺された薬莢拾いの農夫がいたね。もちろん撃たれても米兵は無罪さー。

寿代　あー。

ふみ　女たちは襲われるのが怖かったからね。男のなりして、顔に炭塗って。押入に隠れたさ。

平良　昔は米兵が来ると半鐘代わりに、プロペラの羽根で酸素ボンベ叩いて「アメリカ兵だぞ！」、がんがん鳴らした。

ふみ　戦争が終わって十年経って、もう落ちついただろうと思っていたら、由美子ちゃん事件。

平良　やさやさ（そうそう）。

荘介　うん？

寿代　六歳の幼稚園児が嘉手納《かでなー》のゴミ捨て場に捨てられていたの。

平良　でもうやむやになった。

寿代　犯人は三一歳の白人の軍曹。軍法会議で死刑になって本国に強制送還、四五年の重労働ということになったらしいけど出てきたって。犯人の転勤先も教えない、軍のシークレット。

ふみ　アキサミヨー。

寿代　レイプは日本では親告罪だし罰則も軽すぎる。死刑はアメリカでは当然。

美里　それが沖縄では守られない。

寿代　一番ひどいと思ったのは、旧真和志《まわし》村で生後九ヶ月の乳児を米兵が強姦したときさ。

重臣　迷宮入りだったけど、犯人はわかってたんじゃないかと思うナー。

寿代　十年くらい前、北谷のアメリカ村（アメリカンビレッジ）で泥酔した特殊部隊の空軍軍曹が二十歳過ぎの子を駐車場で乱暴したでしょ。判決は甘いわけさ、一年八ヶ月。軽減理由は「兵士はボランティア活動をしている」「勤務態度もいい」「この兵士はこれまで事件を起こしていない」、これじゃ被害者が浮かばれない。

荘介　……母さんたちはそういう人たちの援助をしてる。

寿代　泣き寝入りが多いし、世間に隠す人も多い。

荘介　そっとしてほしい人もいるんじゃないかなー。

寿代　でも狭い島だから、結局ばれてしまう。黙っているから増長するわけよ。九五年の小学生の子の事件のあとも、少しも減ってないさー。

美里　表に出てくるのはせいぜい五分の一程度だろうねー。

平良　（重臣に）商売人も米兵には気をつけたほうがいい。最近タクシー強盗が出て、ウイスキーの瓶で前歯十本折れるほど殴ったさ。

ふみ　……でも結局、私も米軍《きち》で働いたよ。洗濯やメスホールの仕事。職としては良かった、農作業の倍になるからね。オトゥはなかなか仕事が続かなかったから。

重臣　ほとんど母子家庭だった。

ふみ　男の一人や二人養えないで何が女か。

荘介　はーめー（おばぁ）英語できるばー。

ふみ　英語できなくても働けるさ。煙草なんか見たらわかる、ラッキーストライクはアカダマー。キャメルはシカぐわー。ヤマトゥグチの方が自信ないサー。
平良　アメリカ世の間は自分がどこの国の人間か、わからなかったよー。
ふみ　「子《くわ》うしないいんでぃ言《いぃ》しぇ、国うしないんでぃちち」（国を失うことは子を失うことと同じだよ）
平良　ヤマトゥハナリティ、ウチナーヤ、チュイダチヤッサー（独立するさ）。
重臣　したいひゃー（さすがー、そーだよ）。
荘介　まあ口では言えるけど、ヤマトゥ世に馴染んでるからネー。
美里　（言葉が）わかるのー。
寿代　（荘介が）いつも通訳させられてるからー。

しのぶ、剛史、マンホールの穴を覗いている。
美里、それを気にしていた。

美里　あれは……。
寿代　うん？
重臣　そうそう。先生は関心おありかもしれませんね。普通の民家にガマの入口があるなんて珍しいでしょう。

美里　え、ここにガマがあるんですか。
平良　いずれお見せしましょう。

ふみ、マンホールの穴に近づいて、驚く。

ふみ　アキサミヨー、ここ……！　ガマだったの。
平良　チンガーガマさー。
美里　チンガーガマ……。
ふみ　マブヤーウトゥスン（魂を落っことす）ところさー。すっかり変わってしまってわからんかったよ。
荘介　なんねー。
剛史　（しのぶに）あなたを呼んでた人って、ガマの中に？
しのぶ　そうかもしれない。
剛史　自分を見つけてくれーって……？
しのぶ　だとしても、ダメみたい。
剛史　……。
しのぶ　私じゃダメみたいさー……。

ふみ　……（重臣に）ジューシン、あんたに言わなくてはならないね。
重臣　なにー。
ふみ　あんたの誕生日は六月ってことになってるけど、ほんとはそうじゃない。
重臣　そうなねー。
平良　よくあることさ。戦世だから役所に出せるわけじゃなし、島人《しまんちゅ》の誕生日はみんなテーゲーさ。
重臣　どういうことね。
ふみ　地上で大勢の人が亡くなっている間に私だけ子《クワ》生んだら申し訳ない。そう思ったさ。
重臣　つまり。
ふみ　……そういうことさ。
重臣　俺はここで生まれた？

溶暗。

ビーチ

海のきらめき。
ビーチ。
ビーチパラソル状のものがあちこちに広がっている様子……。
一つのテーブルに向きあう、博巳と、若い娘、宮城佐和子。

佐和子 だから、本土に引き取ってください。あなたの町に。
博巳 あなたの町。
佐和子 どこですか。
博巳 いまは沖縄だから。
佐和子 でもいつか帰るんですよね、ふるさとに。
博巳 東京は故郷って感じじゃないし。
佐和子 じゃあどこですか。
博巳 親の出身は四国。
佐和子 だからそこに米軍基地作ってください。沖縄じゃなくて。米軍基地の占有面積は沖縄本島の二十%以上を占めてるんです。あなたの町の五分の一とは言わないから、土地を明け渡して引き取ってください。

博巳　そんなの俺一人で決められないよ。

佐和子　だったらその四国の町に行って、米軍基地の平等な負担のため誘致しましょう、沖縄から移ってもらいましょうって、運動してください。議会とか動かして。

博巳　そもそも沖縄にだってあるのおかしいわけだから、移すことが解決策になるわけじゃ……。

佐和子　じゃあどうするんです。

博巳　なくすための運動というか手伝いなら……。

佐和子　でもなくならない。基地反対、沖縄から出て行けなんてヤマトゥの人もいっしょになって言ってくれるのはいいんだけど、もう何十年もそのままでしょう。

博巳　それはそうだけど。

佐和子　あなた私のブログ読んで、私の意見に賛同して、それで会いたいって来てくれたんでしょう。

博巳　そうだけど。

佐和子　ブログの写真見てかわいいなと思ってそれで会ってみようかなってことじゃないですよね。

博巳　そうじゃない。

佐和子　かわいいなとは思わなかった。

博巳　いや、かわいいなとも思いました。
佐和子　へーえ。
博巳　……。
佐和子　まず沖縄にあることがおかしいんだから移しましょう。
博巳　……移すというより、撤廃というか、廃絶というか。
佐和子　だから、その前に本土に引き取ってください。あなたの町に。
博巳　……君はここで何してるわけ？　ブロガーで飯食えてるわけじゃないよね。
佐和子　仕事のこと？
博巳　まあ……。
佐和子　ちゃんと働いているかどうかってこと？
博巳　……うん。
佐和子　働いてるけど。
博巳　何してるの。
佐和子　教えない。
博巳　えー。
佐和子　バイト先の人たち私がああいうブログやってること知らないはずだし。
博巳　ヒント。

佐和子　アメリカのいるところ。
博巳　どういうこと。英語の勉強したいとか。
佐和子　ブー。
博巳　アメリカの兵隊と話してみたいとか。
佐和子　ブー。
博巳　いいよもう。
佐和子　強いて言えば、ウォッチング？
博巳　ウォッチング。
佐和子　休みの日も、いろいろ行ってみるわけ。アメリカーのいそうなところ。
博巳　どんなところ。
佐和子　コザのミュージックタウン、北谷のハンビータウン、美浜のアメリカンビレッジ……。
博巳　……。
佐和子　どれも行ったことない。そういうのに近いのはどこになるの、普天間だと。
博巳　それって、いわゆる、アメリカの人との「ハッテン場」ってこと？
佐和子　言っとくけど、私は「アメ女」でも「コク女」でもないよ。
博巳　で、トロピカルビーチに来たわけ？
佐和子　え。

博巳　ウォッチング。
佐和子　まあそうだけど。
博巳　目の前にいるじゃない、いっぱい。混ぜてもらえばいいじゃない、そこでバーベキューやってるグループとか。
佐和子　ここってバーベキューは炭火禁止でしょ。ガスでビーチパーリーなんてあり得ない。
博巳　ウォッチングっていっても、遠巻きに眺めてるだけなんだ。

佐和子、急にテーブルの上に立ち上がる。
上に羽織っていたシャツを、リズムに乗せ、気取った感じで脱ぐ。
下にはビキニの水着を着ている。
周囲から囃し立てる英語の声、口笛。

博巳　おい。……何やってんの。
佐和子　（見ているらしい誰かにウインクしつつ）何って……、ウォッチングでしょ。
博巳　ええ？　こっちが見るんじゃなくて見られてるじゃない。
佐和子　だからウォッチングするのは向こうだわけ。（座る）
博巳　……わざと誘ってるわけ？

佐和子　いまのは特別。あんたがいるから。
博巳　一人だったらやらない。
佐和子　もちろん。
博巳　でもいつもこういう場所に、ウォッチング、されに来てる？
佐和子　調査してる。
博巳　何をでしょうか。
佐和子　普天間で普通に暮らすことが安全かどうか。
博巳　……安全じゃなかったら。
佐和子　普天間を私のところに引き取る。
博巳　ちょっと意味よくわからないんだけど。
佐和子　じゃ、あなたが引き取って。
博巳　米軍基地じゃなくて君を引き取るんだったら考えてもいいけど。
佐和子　おじさん！　援交の申込みだったらお断り。
博巳　よくいままで大丈夫だったね。
佐和子　「ハーイ」って声かけられることはよくある。プリクラや携帯電話の番号は頼まれたら交換する。
博巳　やばくない？

佐和子　証拠になるでしょ。何かあったときの。
博巳　危険な目に遭ったらどうするの。
佐和子　「アイ・アム・フィフティーン・イヤーズ・オールド」って言うから。あっちの法律じゃ十六歳未満と何かあったらアウトでしょ。
博巳　……。
佐和子　声掛けたりしないし、ついてったら「同意だった」ことにされるらしいからどこにも行かない。
博巳　もうしないで。
佐和子　だから、そんなに心配なんだったら、本土に引き取ってください。
博巳　……。
佐和子　同情はいらない。沖縄に基地を押しつけておいて自分は正しいと思ってる醜悪さを改めて。「最低でも県外移設を」っていうヤマトンチュは自己矛盾を感じないの。自分の生まれた家や学校の隣に移設してよ。その努力すらしないで、沖縄に連帯しているつもりになってるのおかしいでしょ。
博巳　確かに去年の県知事会では大阪の橋下知事以外は受け入れを表明しなかった。
佐和子　でもどこかの知事が橋下にヤジ飛ばしたのよね。「関西の人に失礼じゃないか」って。ねえ、一番失礼な目に遭ってるのはどこかわかる？　他府県がすべて拒否するので、結局、沖縄に基地を造るしかないっていうけど、沖縄は他府県の人々よりよっぽど強く長い間、拒否の姿勢を示してきたのよ。「安保がある以上置かねばならない」「みんなイヤと言うんですよ」。じゃあ四七都道府県に平等に米軍を置くべしって法律作るべきよ。

博巳　まあそれは現実味がないね。

佐和子　じゃあどこがいいの、徳之島？　馬毛島《まげしま》？　南西諸島は琉球弧だから県名が違っても本土が引き受けたとは思わないわよ。石原都知事は「日本の平和のため犠牲になってくれ」って言ったけど、基地がはじめから東京にあったら私も同じこと言っていいのかな。

博巳　「東京に原発を」って言うなら、基地もあっていい。

佐和子　置くなら皇居かな。沖縄は天皇メッセージでアメリカに明け渡されたんだから。

博巳　そもそも沖縄戦は本土決戦を前に天皇制を延命するための時間稼ぎだった。

佐和子　戦争を始めたのも続けたのも悪い軍部で、天皇と国民に罪はないなんて、誰が信じる。

博巳　意見の一致を見たね。

佐和子　じゃあ基地を引き取ってくれる？

博巳　多くの日本人が安全は空気みたいなものと思っているのは、確かにおかしい。

佐和子　そう？

博巳　去年、尖閣での中国漁船衝突事件のとき、クリントン国務長官は日本防衛義務を定めた安保条約第五条の適用対象と言ったけど、クローリー国務次官補は「米国は立場を明確にしない」と訂正した。

佐和子　うん。

博巳　米軍は抑止力にならない。

佐和子　抑止力って必要？　それが米軍？　地政学的に言うとやっぱり沖縄？

博巳　えー。

佐和子　やっぱり鳩山君（あなた）は冷戦の時代に郷愁があるのね。アメリカといっしょに共産主義をやっつけようと信じてた幸せな時代。

博巳　アメリカに守ってもらってるという負い目を感じてきたのは確かだけど。

佐和子　鳩山君。

博巳　やめてよ。

佐和子　そしたらー、やっぱり米軍に守ってもらってるという気持ちを少しでももってる鳩山君が米軍を引き取るべきよ。かりゆしウェア似合う。

博巳　引き取ったって無駄なんだよ。海兵隊はしょっちゅう出かけて留守だからずっといて日本の安全を守ってくれるわけではないしね。

佐和子　やっぱりヘン。

博巳　え。

佐和子　結局どんな政治家も日米安保については現状維持かノーコメント。米軍基地はない方がいいと言いながら、抑止力になると信じてる。典型的ヤマトゥのダブルスタンダード。……
私のブログのタイトルは。
博巳　「米軍基地もらってください」
佐和子　もらってくれる気ないんだったら用ないんで、さよなら。
博巳　君が心配なんだ。
佐和子　……。
博巳　アメリカが表面的にいい顔するのは当たり前だよ。九五年の少女暴行事件のあと、グッドネイバーズポリシー、「良き隣人政策」を推進してるんだから。たまにバーなんかで、こっちが英語わからないと思ってるのか、米兵たちの話が聞こえてきたりするんだよね。「帰国する前に二、三人レイプしとかなきゃ沖縄に来た意味がない」「沖縄の女は銃もナイフも持っていない」「絶対に訴えられない」「どうせアメリカ人の顔は見分けがつかないだろうからセーフ」
佐和子　ジョークじゃない？
博巳　米軍基地をもらってほしいという君のテーマと、普天間生活の危険度を測る君の行動には、どんな関係がある。
佐和子　わからない？
博巳　自分を囮に、自分の思う「普通に暮らす」を実践して、アメリカに襲われたら普天間は危険、だから自分のところに連れてゆくようにするという決意で、テストを重ねていた？

佐和子　平たく言えば。

博巳　やめようよ。

佐和子　うちの村が揉めてるの。普天間の部隊を受け入れるかどうかって。

博巳　……。

佐和子　民主党は政権発足当時、「国外か県外」。一ヶ月後には北澤防衛大臣が「辺野古移設は選挙公約違反でない」。岡田外務大臣の嘉手納統合案、平野官房長官のホワイトビーチ案……、どうしてよそに住んでる人に決められなきゃならないの。

博巳　……人に決められるくらいなら自分で決める？

佐和子　普天間に基地があることがほんとに間違ってるなら、やんばるが受け入れるべきでしょ。

博巳　お父さんが来てることは知ってるよね。

佐和子　……あー。

博巳　会ってあげてほしいんだ。

佐和子　わー。

佐和子、立ち、去る。

博巳、立ちかけるが、しのぶ、来る。

しのぶ　やんばるの子？　いまの子。
博巳　え……。
しのぶ　博巳さんね。しのぶです。（自分が）お母さんの知り合いの知り合いだから。
博巳　ああ……、そう。
しのぶ　（佐和子のこと）大丈夫、戻ってくるから。
博巳　……。

しのぶ、座る。

しのぶ　……嫌だわ、入れ墨してる人多くて。必ず消したくなるときが来るのに。
博巳　米兵はおまじないのつもりでするんでしょう。
しのぶ　消したくなるってわかってるのに。
博巳　タトゥー消すには焼くしかないみたいですね。
しのぶ　（看板を読んで）どうして「トロピカルビーチ」。
博巳　ああ……。
しのぶ　（看板を読んで）「コバルトブルーとエメラルドグリーンの海」ったって、沖縄は全部そうだし、隣は漁港でしょ。

博巳　まあ……。

剛史、由紀、来る。

由紀　あれ、知り合いだったの。

博巳　いえ……。

由紀　（しのぶに紹介する）北峯さんとこの……、博巳さん。

博巳　ええ、名字は違うんですけど。

剛史　上原剛史です。いまね、手分けして探しているんですよ。

博巳　……。

剛史　寿代おばさんがアメリカーの来そうな店あたってくれてて、遂にね、働いていた店、見つけたんです。

博巳　そう。

由紀　カレー屋。

剛史　なんかお客にアメリカ兵多いので有名だーるわけ。米兵は十人に九人、チキンカツ頼むんだって。

博巳　ええ。

由紀　娘さん、そこですごく目立ってて、とにかく大人が何か言ってもあびーまかされる（いいまかされる）。ディキヤー（頭のいい人）なんだって。

剛史　シッタカー（しったかぶり）って言う人もいたけど。

博巳　……。

剛史　今日は休みだっていうからがっかりしてたら、しのぶさんが（その宮城の娘が）海の方にいるはずだって言うから。

博巳　……。

剛史　宮城さんの娘さん、高校辞めちゃって、名護まで出て、コールセンターで働いてたらしい。マルチメディア館？　公共の施設を民間に貸すのかって言われてた……。

由紀　全国の電話問い合わせセンターが島や北海道に集中するのはどうかと思うけど。

しのぶ　仕事もらえるんだからいいじゃない。

由紀　企業の合理化の一環として不安定な条件で安価な労働力を提供させられてる……。

しのぶ　沖縄の子たちはホスピタリティあって熱心だから評判いいみたい。

剛史　正式な職といえるのかなー。三ヶ月更新で、めちゃくちゃ働けば月二十万、やんばるの若い子にとっては大金だからそれでまたお金がなくなるまでぶらぶらする子たちが多いらしいんだ。

由紀　まあアイデアは出尽くしたってことかな。ＩＴやら金融特区っていっても人口は増えないし。

剛史　で、名護を引き払って、行方不明になってたわけ。

博巳　……ええと、僕も探してたんです。独自のルートで。

由紀　なに。

博巳　お父さんに聞いたアドレスから、彼女のブログを発見した。

由紀　ブログなんかしてたの。

博巳　ちょっと、面白い子で。

剛史　もう会ったの。

博巳　……。

しのぶ　待ちましょう。

由紀　……いいけど。

剛史　……なんか中途半端な観光地になったナー。六六年前、この海を米軍が上陸してきたなんて、信じられないサー。

博巳　ああ……。

由紀　しのぶさん、お父さん（宮城）来てること、知ってたみたいネー。

しのぶ　ここ最近マブイ（魂）落として五八号をうろうろしている人がいたからねー。

博巳　わかるんですか、そういうの。
しのぶ　昔は家族にも言えなかったさ。人が探しているものや、そこにいないはずの人が見えるなんてネー。ときどき、海に沈んだ人たちも見える。どこから来たの？　そんなところにいないでこっちに来なさいって声かけるわけ。
博巳　どうなるんです……。
しのぶ　来ないけどね、何か力をくれるさ。そのあと探しものしたら、ちょうどそのとき探している物が見つかること多いわけ。
由紀　物。
しのぶ　いろんな物に未練が残るわけさー。人によるけどね。亡くなった方の物なんか。印鑑に万年筆、櫛とかジーファー（かんざし）、お守り……。
博巳　何かメッセージのようなものも届くんですか。
しのぶ　我流だから、ミーグソー（口寄せ）はできないよ。
剛史　神ダーリィ（ユタになるための通過儀礼）すればできるようになるかも。
しのぶ　カミンチュにはなれないさー。
由紀　私はそういうのからっきしダメ。お墓とかガマとか苦手なのよねー。
しのぶ　そんなことないと思う。
由紀　……どうして？

剛史　去年の四月二十五日、普天間の早期返還と移設を求める県民大会は、ほんとは読谷じゃなくてこの海辺でやるはずだった。宜野湾市の人口とほぼ同じ九万人が集まったわけだけど、ここでやったら十万人は軽く超えてたんじゃないかなー。

博巳　SACO合意通りだたら、とっくに返還されているはずですもんね。

剛史　キャンプ・レスターとか部分的にネー。アメリカは言ったことはやる。この海沿いだって、宇地泊はキャンプ・ブーン、真志喜はキャンプ・マーシー。復帰直後に返還された。

博巳　でも浦添に新しく軍港を作ろうとしてるでしょ。那覇軍港から移設するって。

剛史　アメリカはオーケーしない。辺野古に新しい飛行場作ってその一角に港を作りたい。飛行場と港が離れてると弾薬の積み卸しができない。米軍が辺野古移転で大事なのは新しい弾薬庫、それを出し入れできる仕組みだーるわけさ。

しのぶ　……なんだかこうして知らなかった人と知り合いになっていくの、いいわね。

剛史　沖縄もだんだん人と人が出会わなくなった。

由紀　模合《もあい》なんかも減ったでしょう。

博巳　ああ、模合。

由紀　知ってる？

博巳　やってるの聞いたことないけど。

しのぶ　……私の世代で解決しないといけない。

由紀　そう思う？
しのぶ　ああ、なんか、そういう言葉が勝手に口から出てきた。
博巳　誰か（霊みたいな存在）が言わせてるんですかー。

宮城、重臣、来る。

剛史　えー、オトー、もう来たの。
重臣　娘さん見つかったと聞いたら、居ても立ってもいられないさ。……かんなず（必ず）見つかるとは思ってたさ。
由紀　もうすぐ来るって。
剛史　ほんとにー。
博巳　僕、ご本人と話しました。
宮城　……ハイ。
博巳　お元気そうでしたよ。
宮城　ニフェーデービル。
重臣　事情がわかりましたか。
博巳　……なんだか地元で揉めてるそうですね。普天間の移設を受け入れるかどうかって。

宮城　名護の親戚のところにいたんですが、身内に移設推進派と反対派がいまして。
重臣　ああ……。
宮城　揉めてるのを見たんでしょうね、……名護と宜野湾には温度差がある。
重臣　同じ市でも、反対側の海、向いてるからねー。
宮城　名護市民は一九九七年に自ら住民投票で「反対」の意思を明確にしている。それを市長が裏切り、市議会多数派に歪められてしまった。一九九八年、沖縄に初めて基地の県内移設を容認する県政ができた。蓋を開ければキャンプ・シュワーヴにただ飛行場が増設されるわけじゃない。米軍は普天間基地にはなかった「装弾場」や二一四メートルの岸壁を設置するという。
重臣　SACOは沖縄の負担軽減を装いながら、小さなボロボロの基地を広くて最新の設備にスクラップ&ビルドしたいだけさ。
宮城　軍民共用（といぅアイデア）など愚にもつかない、I字案V字案、杭式桟橋工法、どう転んでも認めることはできない。許せないのはオスプレイの導入だ。
重臣　当初の移設案は、市民の体を張った反対運動で潰えた。「再編交付金」などあてにしない。世界じゅうが見てるんだ、胸を張ってほしい。
宮城　この十年、やんばるでは無理矢理アスファルトをはがして舗装し直すような道路工事を重ね、絶滅危機種を脅かす無駄な林道まで建設してきた。一千億円の北部振興予算を使い切るためさ。それが打ち切られたとたん、誘致の動きを取る連中が出てきた。恥ずかしいサー。

佐和子、現われている。

佐和子　やんばるでは「まともな人間」も絶滅危機種ってこと……。
重臣　あんただったんだねー。
博巳　知ってたの？
佐和子　サンドイッチシャープのおじさん。
重臣　タコミートサンド一つで二時間も喋ってった。
佐和子　……なんでー？
宮城　このままでいいのか？
佐和子　……うん。まだ結論出ない。
宮城　わかった。……皆さんお世話になりました。こいつをよろしくお願いします。
重臣　……はい？
宮城　それでは私は失礼します。
佐和子　（それを予知していたように）心配しすぎ。
剛史　娘さんを連れ戻したいということでは？

宮城　いえ、探しに来ただけです。……見つかった。だから帰ります。
由紀　それでいいんですか。
重臣　私が預かりましょう。
宮城　……。
博巳　どういうことです。
重臣　（佐和子に）バイト募集してないのかーて言ってたよーねー。ちょうど手伝いがほしかったんです。
佐和子　……いいよ。
宮城　いいよじゃないはずよ、こういうときは。
佐和子　（ぺこりと頭を下げる）よろしくお願いします。
宮城　（皆に）ニフェーデービタン。

宮城、去る。

由紀　ちゃんと父さんに御礼は言わないと。

佐和子、駆けて追う。

重臣　連絡先も聞いていないし。

重臣、しのぶ、博巳、続いて去る。

由紀、剛史、残る。

由紀　……行かないの。

剛史　君こそ。

由紀　言いたいこと顔に書いてある。谷山さんから聞いたんでしょう。妹さんの友達で高校に上がって秋いなくなった子がいる。警察の取調べを受けていた。米兵と事件があったらしい。そのうち学校を辞めていなくなった。

剛史　……。

由紀　誰か言ってたわ。その後どう生きるかが問題だって。どんな悲惨な体験をしようとその後ちゃんと生きてたら報われるって。そういう御縁があったときも、はすっぱに遊んできて結婚するからって急にしおらしくなる子がいいのか、自分の人生をしっかり生きてきた人間がいいのか、ちゃんと見てくれるはずだって。……でもそれって、もっともらしいけどヘンよね。ある種の体験をした人間は、はすっぱに生きたらジ・エンドってことじゃない？

剛史　……何が言いたい。
由紀　私、はすっぱだったの。
剛史　……。
由紀　東京じゃボーイフレンドたくさんいた。複数同時進行当たり前だったし、物買わせたりお金もらったりもぜんぜん平気だった。まあある意味そういう子、珍しくもないんだろうけど。
剛史　……。
由紀　あなたには関係のない話ね。
剛史　関わろうとしなきゃね。
由紀　ふうん。
剛史　昔、バイパスに近い裏道で、二人の米兵と歩いている女を見た。三人とも酔ってるようだった。女は嫌がっていた。じゃれているように見えなくもなかった。馴染みの店の帰りとかだったらそれは彼らの日常茶飯事なのかもしれないし、通り過ぎた俺に関係のあることではなかった。けど、その女が俺を睨んだ。「黙って見てるの」という目だった。真剣なようだけど、余裕かましているようにも見えた。
由紀　……からかわれてると思った？
剛史　俺は通り過ぎた。女が背中に声をかけた。「助けてよ」
由紀　……。

剛史　俺が振り返ると米兵たちは「ノープロブレム」「ノットユアビジネス」の繰り返し。女は両側から肩を抱えられていて、俯いてもう何も言わなかった。

由紀　……怪我とかしてなかったの。

剛史　わからん。女はこちらを見もしなかった。俺はまた歩き出した。やがて後ろで米兵たちがわめいているのが聞こえた。ひどい罵声だった。「キルユー」とも言っていた。それっきりだ。

由紀　何が言いたいの。

剛史　わからん。

由紀　そのひと、ひどい目に遭ったの。

剛史　次の日調べたけど事件なんかは、とくには。

由紀　「見殺しも殺したのと同じだ。僕には罪がある」？

剛史　……。

由紀　海兵隊じゃ高校を卒業したばかりの若い兵士が徹底的に鍛えられる。兵隊が人を殺すことが出来るようになるには、女性蔑視が必要なんだって。女を差別することに平気にならなきゃ人なんて殺せない。軍隊は人間性を失うように教育する。人殺しを仕事として学ぶ。普通の若者を殺人マシーンにする。女を憎めるようマインドコントロールする。敵を人間と思うな。だから？　だからなの？　戦地に向かう恐怖で自分を見失った米兵は、戦場帰りでPT

SDになった米兵は、何をしても仕方がないの？　誰にも止められない？　何かされたとしても、殺されなかっただけましと思えばいい？

剛史　そんなことは言っていない。

由紀　あなたが見過ごした人も、そういう目に遭ってると思う？

剛史　……。

由紀　……聞いたことない？　一度そういう体験すると、ちょっとした物音に怯えて、影が動くだけで震えが止まらなくなる。何ヶ月、いえ、何年経っても甦る。それってきっと、帰還兵と同じなのよね。全部戦争のせいだから仕方がない。そうなのよね？　戦争の被害者はパブリックな犠牲者だから恥ずかしくなんかないのよね。

剛史　なんでそんな話をする。

由紀　……そういう話だってよくあること。

剛史　……。

由紀　私たちはそういうところにいるのよ。

剛史　……。

溶暗。

夜の屋台

夜。
国道八一号線、街道沿い。
キャンプ・フォスターが見下ろせる場所。
道を挟んで反対側に商店等が並ぶ様子。
ライトバンの「Futenma Sandwich Shop」屋台。
カウンターの部分には今までになかったアルコール類がある。
椅子やビールケースを置いて勝手に座っている感じの人々。
新参客が来るたび、いくらでもエリアは広げられる様子。
ガードレールをベンチ代わりにしている人もいるかもしれない。
厨房部分で何か作っている、重臣。
盆を持って動き回る、佐和子。
お客になっている、谷山、荘介、博巳。
酔った感じの良江、ときどき立ち上がり、道行くクルマに声をかける。
ほろ酔いの寿代、三線を爪弾いている。

良江　……カモーン、フッティーマ！（やがてまた座る）
荘介　コンビーフハッシュ始めたの。
重臣　売れてるよ。こんな肉の切れっ端にジャガイモのつぶつぶ混ぜただけの、しかも缶詰の中身をフライパンで焼いただけのものが、なんでかマーサン（おいしい）。
寿代　カロリー摂りすぎ。
佐和子　沖縄《おきなー》ってほんとに長寿ナンバーワンだったの。
谷山　いまやウチナーはまさかの肥満率日本一。
重臣　つまみ食いにご用心。
寿代　佐和子さんいてくれて大助かりさ。ニーニー一人だとすぐナカユクイ（一休み）するから。
重臣　うるさいさー。

上空を過ぎる、米軍機の音……。

良江　（上空の飛行機に）「ノーモア、アメリカン・ベイシズ！」
博巳　夜にも訓練してるんですね。
谷山　本国への移動かもしれない。
博巳　こんな時間に。

谷山　夜の出発は米軍機がアメリカに昼間着けるようにするため。その方がパイロットの疲労度が少ないってさ。
寿代　ヨーロッパに深夜早朝の運用を許す同盟国はないはず。
重臣　イタリアじゃ昼寝の午後一時四時にはエンジン切って静かにするって。
谷山　カリフォルニアのキャンプじゃ家族の住んでいるエリアは安全基準守ってる。ファミリーは「飛行機の音が聞こえたことはないしヘリを見たこともない」ってさー。

博巳、道路から片側を見下ろす。

博巳　(彼方を見る) 普天間から (反対側を向く) フォスター、(遠くを見る) レスター、嘉手納……、飛び石みたいに基地が繋がっているんですね。
荘介　普天間とフォスター、でっかい飛び石の間の幅四百メートルに、市役所も普天間高校も小学校もあるわけ。
谷山　フォスターの中にはキャンプ・バトラー、もとは高等弁務官、復帰以降は在沖米軍トップがいる司令部もある。
寿代　それだけ居心地いいってこと。
博巳　キャンプ・レスターは返還されるんでしょ。

荘介　返還条件として、海軍病院がフォスターに越してくるんです。
寿代　本体工事費百五億円で、伊波さんが受け入れた。
重臣　ベトナム時代は東アジア最大の病院だった。上空から見ると十字型。
谷山　残された土壌からヒ素に鉛に六価クロム。有害物質出まくり。
荘介　元通りにしてくれなきゃ。
谷山　汚染除去証明書を付けて返還される規定にはなってるけど、結局は日本政府の提供責任。
寿代　うるまも、おもろまちも手間取った。
重臣　普天間はものすごく汚染されているはず。航空燃料のタンクは露結を定期的に抜くから油分が抜け出すわけ。JP5、ジェット燃料もよく流出した。昔は大きな穴に溜めて消火訓練を兼ねて焼却したねー。カドミウム、水銀、PCB。実弾から鉛。
寿代　枯葉剤使ったからダイオキシンあるんじゃない。
重臣　基地の地下はガジュマルの枝みたいに洞窟が広がってる。探検に行って戻らなかった兵士がいる。いろんな物、穴掘って埋めてきたからね、すっかり汚染されているはずよ。
谷山　不発弾も残ってるはず。
博巳　六〇年代には核兵器もあったんでしょう。
重臣　嘉手納辺野古の弾薬庫には日本人はもちろん米兵も担当しか入れないところがある。核マークの物資はよく見た。

寿代　子供の頃、復帰するってことは基地が全部なくなるんだと思った。ヤマトになるんだからって。「核抜き本土並み」なんて嘘だった。

谷山　原状回復・インフラ整備に十五年や二十年はかかる。

由紀、美里、来る。

博巳　……（フォスターが）あんまり基地って感じしないですね。

寿代　刑務所や射撃場もあったけど、いまは補給施設と住宅。

谷山　目の前にあるのがプラザ地区。ずらっと並んでるのは家族向けの家。

博巳　あまり人が住んでいないみたいですね。

重臣　いないよ。

谷山　電気がついてるところも住んでいるとは限らない。

博巳　えーっ。

谷山　二四時間付けっぱなし。イラクに行って帰ってくるまで電気つけっぱなしだったヤツもいたって！

重臣　半年つけっぱなしはしょっちゅうさ。お見送りのハウスメイドがエアコンのスイッチ消そうとしたら、「沖縄の夏は湿気てカビがはえるからこのままにしておいて」ってミセスが言うわけさ。

荘介　えーっ。

重臣　家賃に光熱費、改修費も日本持ち。

谷山　トイレットペーパーからミサイルまで。

クルマが通りすぎる。

良江　ノーモアベイシズ！　ノーモアバイオレンス！（椅子に戻ると眠る体勢になる）

博巳　（クルマを見送って）Ｙナンバー。

寿代　ヤンキーのＹナンバーは自動車税五分の一、高速道路もただ。

美里　良江さん出来上がっちゃった？

寿代　ペース早かったから。

博巳　……こんな立派な家にただで住めるのに、わざわざ外に住んでる。

重臣　アメリカーには海への憧れがある。内陸育ちが多いから。海辺りに外人住宅作ったらすぐ借り手がつく。

谷山　十分以内に基地内に戻れる位置ならいいってさ。

博巳　それで砂辺地区に多いんだ。

重臣　家賃は二五万まで保障されてる。
谷山　三十万、四十万でも借り手がある。
重臣　ウチナーンチュは県営住宅を借りて自分はそこに住み、別に住宅を建てて貸し、家賃で稼ぐ強者もいるわけ。味をしめて米軍用住宅をいっぱい、それこそ億単位の金をかけて増設してしまった人もいる。ところが米軍は一昨年から家族連れは基地内に住めという方針を出したはず。家を建てまくった人たちは目も当てられない。
谷山　家賃高いから普通の日本人には住めない。借り手はいないよ。
博巳　それだけの投資をできる人がいるわけですね。
重臣　沖縄の軍用地代年間総額九百億は、県内上位五百社すべての売上げ高より上なわけさ。どこかに金持ってるヤツはいるはずよ。
寿代　はっさ（まったく）、お金の話ばっかり。
谷山　「命（ぬち）どぅ宝」あらん、「銭（じん）どぅ宝」。

三線を爪弾いている寿代に、

荘介　さっきから弾いてるけど、それ、何の曲。
寿代　わかんないんだったら、いい。

重臣　ウチナーンチュがみんな三線弾けると思ってるヤマトゥがいるけど、そんなことないからね。
荘介　……（重臣に）商店会の人たち覗いてるよ。ちゃんと挨拶した？
博巳　やっぱり（あっちの）すずらん通りって、一番の繁華街なんですか。
寿代　昔はペイデーなんか栄えてたけど。
博巳　もともと普天間の街の中心って、どこなの？
重臣　そりゃ飛行場の真ん中よ。
博巳　真ん中が街だった。
良江　……（がばっと起きる）ドーナツの穴は食べることができない！

良江、また眠る。

寿代　フォスターは終戦直後に基地になったんじゃないのよ。朝鮮戦争の頃、沖縄一の美田《ちゅらだー》と言われた伊佐浜の集落を押し潰して作ったの。
博巳　「銃剣とブルドーザー」。
寿代　自分の住んでいた家が目の前で押し潰されるわけよ。
荘介　どうしてそんなことができたんだろう。

重臣　占領下だからさ！
谷山　その頃の沖縄はどこの国でもないから、憲法違反にも人権問題にもならない。
由紀　……震災の被災者を、フォスターの空いてる住宅で受け入れてもらおうって話はどうなったんです。
谷山　プラザ地区の外人住宅、百五十軒のりっぱな空き家に震災被災者に住んでもらおうという提案は、お断りされました。
佐和子　（美里、由紀にグラスを持ってくる）空いてるのになんでー。
谷山　最終的にはアスベストを理由にしたね。
寿代　つまり沖縄に地震や津波が来ても、米軍は入れてくれないってこと。
佐和子　トモダチじゃないんだ。
博巳　だいたいトモダチ作戦はなんで普天間から？　三沢や横田の方が近いよ。
寿代　普天間海兵隊の必要性を震災を利用して宣伝したわけ。
美里　「ウォールストリートジャーナル」は「海兵隊の震災対応はとてもいい訓練になった」って。放射能に汚染された戦場を想定した訓練ができたんだから安いもんだって。

剛史、来ている。

剛史　ハイサイ。商売繁盛やさ。
荘介　ほとんど身内ばっかり。タコが自分の足食ってる状態。
寿代　いっぱい頼んで。
剛史　平良さんとこのしのぶさんから連絡があって、今度の土曜日の午前中、おばぁが戦争中入ってたガマに、みんなで入らないかって。
荘介　大勢でもいいの？
剛史　大勢でなきゃいけないわけさ、手間かかるから。もちろん、先生方も。
美里　やったー。
剛史　それからしのぶさんは、由紀にも来てほしいって。
由紀　……私に？
剛史　うん。
由紀　……。
谷山　俺は？　ねえ、俺も行っていい？
剛史　手伝いもしれよ。
谷山　うん。
剛史　だー、飲もうかな。
谷山　そのつもりで来たくせに。

良江　（重臣に）あんたも飲んで。
佐和子　（重臣が）とっくに飲んでます、こっそり。
重臣　……。（良江に泡盛を注がれ、飲む）
博巳　……基地が返還されたらどうなります。
寿代　再開発のこと？
博巳　やっぱり観光。
寿代　アメリカンヴィレッジで美浜・ハンビー地区の生産誘発額は返還前の二一五倍だって。
谷山　沖縄じゅうの返還地がみんな観光に乗り出したとして、お客の取り合いで共倒れになることは目に見えてる。
由紀　観光の目玉は、何。
博巳　カジノ。
剛史　土木工事の連中が言ってるだけ。
美里　スポーツ。
寿代　プロ野球十二球団中九球団、韓国から三球団、とっくに沖縄でキャンプしてる。
荘介　地道に、農業とか。
剛史　第一次産業は二％未満。ウリミバエ根絶で本土出荷可能になったけど、一部のハウス以外はわざわざ沖縄から運ぶ意味はない。

寿代　黒糖は県内総生産の一％にもならないし、クオリティで徳之島に負ける。
佐和子　宜野湾にちっちゃな工業団地あるけど。
谷山　アルミ関係がちょびっと。
剛史　サービス産業特化型の構造を覆す材料はない。
谷山　結局、沖縄のＧＤＰは県外から吸い上げたお金で成りたってる。
由紀　でもそれって日本じたいがそうでしょ。食糧も原料もエネルギーも自力じゃ賄えない。
荘介　……尖閣諸島って沖縄でしょ。油田開発に乗り出せない？　ノルウェーみたいに。
寿代　中国と戦争になったら誰が戦うの。
荘介　それで自衛隊誘致するわけ？
重臣　……空港の話はいい案だった。
剛史　アジア一コストの安いハブ空港にするってやつ？
重臣　嘉手納もいっしょに返還されたら最強だね。
谷山　全日空が那覇で始めようとしてるね。
佐和子　どうするの。
重臣　地方便を利用して羽田関空に集めた貨物を夜中に那覇に集約。行き先別に貨物を仕分け、翌朝にはアジア主要都市に届けてしまう。上海、香港、台北、ソウル、バンコクが四時間圏内。競争優位のロケーションよ。

寿代　せっかく飛行場もってるからね。
由紀　飛行場はいや。
重臣　……。
由紀　憲法はアメリカに作ってもらったって我慢するけど、アメリカが作った飛行場残したくない。
重臣　俺は三十年以上アメリカの飛行場で働いてきた。物資を采配するのは面白い。そういう仕事好きなんだと思う。
由紀　……。
博巳　正式にはどういう部署だったんですか。
重臣　滑走路管理部門、司令部の補給部契約事務所、管轄は海軍になる。
谷山　よくそういうところ入れましたね。
重臣　知り合いの紹介で採用手続はスムースだった。いきなりつきあった部隊が第一線から戻ってきたときはほぼ全滅。二、三名だけ帰ってきた。
寿代　ベトナムの頃だから。
博巳　戦死した米兵の遺体洗う仕事とか、あったんでしょう。
重臣　連日三十ほどドライアイスで袋詰めされた遺体が送り返されてきた。
博巳　そんなに。

重臣　年に三万四万が死ぬんだ。そうゆう数字になる。……戦車も全部血を洗い流し、凹みや穴を直して、新品同様に色を塗り直して戦地に送り返した。
美里　それにまた次の兵隊が乗り込むわけ。
重臣　おかしくなった兵隊も見た。怖いのは当たり前。十九、二十歳の子たちだ。タグボートで日本人基地従業員をベトナムに派遣する命令も来た。俺もただの小僧だった。……いっしょに戦っているわけじゃない。仲間じゃないが、いっしょには、いた。いっしょに生きてはいたんだ。
寿代　ベトナムじゃB52のことを「悪魔の島の黒い殺し屋」って呼んでたんでしょ。その悪魔の島って、つまり沖縄のことじゃない。
由紀　基地の提供じたいが戦争行為に加担してることになる。
剛史　アメリカはいつまでも世界の保安官じゃない。
谷山　米国経済は中国への借金に頼ってる。米中安保もあり得る。
寿代　安保見直しで困るのは日本だけ。
荘介　でも、やっぱり不思議さ。海兵隊がグアムに拠点作る話は、本気だったように思えない。
重臣　あればあっただけ使いではあるけど、海兵隊はお荷物だわけよ。
荘介　そうなの？
重臣　九〇年代、アメリカは湾岸戦争を検証した。海兵隊は役に立たなかった。海兵隊が包囲され壊滅するところを陸軍の戦車部隊が助けた。海兵隊の犠牲を見て、初めて劣化ウラン弾の使用を決めた。アメリカとしてはもはや重要ではない。第三海兵隊じたいを解体する方針を立てた。海兵隊は常に移動している。軽装備。つまり弱い。第一線に置くのは危険だ。陸軍の特殊部隊のあとに初めて海兵隊が行くことになった。「戦場の掃除屋」と呼ばれる所以だ。アフガン以降、イラクもイランも、海兵隊は掃除しかしていない。もちろん「抑止力」とは無縁だ。普天間のヘリは全部輸送用。軽機関銃は二つついているが自衛用でしかない。緊急時に離脱兵を戻すのと補給が任務だ。いまの時代、攻撃は空爆をもっとも重視する。地面を歩いている連中に多くは望まない。……マリンの幹部が証言している。海兵隊はいまの態勢では実際の戦闘になると力を発揮できない。バレーボールで言えばアタッカー、レシーバー、パスが別なところにいる。ふだんバラバラで活動していて訓練にならない。それが戦地で出会ってしまう。海兵隊だけ合同の訓練ができていない。アフガニスタン、イラクがそれを物語っている。軍拡を主張する共和党さえ海兵隊縮小方向にある。沖縄にいる海兵隊はもともと別々だ。歩兵とヘリ部隊は噛み合わない。オフェンス・ディフェンスをいきなり戦場で合わせても無理だ。一八〇万人投入してもベトナムで勝てなかった理由は、沖縄の海兵隊が全部やられているからだ。タテヨコのコミュニケーションがとれない。ちぐはぐな作戦のためバラバラだった。海兵隊は時代遅れだーるわけよ。

寿代　ニーニー。

荘介　そんな話（聞くの）初めて。
重臣　こんな話を聞いてほしくて、それで俺はサンドイッチシャープをやるわけさ。

良江、起き上がっている。

良江　……みんな忘れてない。今日が何の日だったか。
美里　えー。
良江　十六年前の九月四日。
重臣　それを忘れたことがあると思う？
佐和子　……九五年の、小学生の女の子の事件。
寿代　十六年、確かに。
重臣　基地に逃げ込んだ犯人の身柄すら確保できないのは「日米地位協定」のせいだ。引き渡し要請するかどうかさえ外務省の気分次第。太田知事は「一人の少女の安全も守れず、行政の長として深くお詫びしたい」、基地使用の代理署名を拒否。自治体首長が初めて「等しく負担を」と全国に叫んだわけ。
良江　それまでそういう事件があっても、憤りこそすれ、見ないふり知らなかったふりばかり。
美里　マスコミも躊躇してきた。

寿代　あの年、琉球朝日放送が開局、ニュースステーションがキャンペーンを張った。
良江　筑紫哲也さんも繰り返し取り上げてくれた。
寿代　犯人は不処罰、被害者の落ち度にされる歴史にピリオドを打たなきゃならなかった。
美里　日米両国とも大きな事件ととらえ、十一月にクリントンが来日できない空気にまでなった。
重臣　あの事件が人々の意識を目覚めさせたにもかかわらず、結局、何が変わった。動かそうとするたび保守化に傾く。「私のような事件が二度と起きないでほしい」、そういってあの子は声を上げた。なのに辺野古案が固定していくのはなぜだ。新ガイドラインで日米連携が強化し周辺事態での協力が盛り込まれたのはなぜだ。自衛隊による米軍への後方支援が認められたのはなぜだ。海上自衛隊がアフガンを攻撃する米軍に燃料を提供することになったのはなぜだ。防衛のための武器使用を認めることになったのはなぜだ。十六年経って、軍備の増強がなしくずしに既成事実にされてゆく。そんなことのためにあの子は声を上げたのか。
良江　犯人の三人はコートニー所属。一人は帰国三年後、自殺した。近親者はいい子だったたって。「いい子にそういうことをさせるのが軍隊だ」、それでいいわけ？
寿代　ペリーのボード事件、百四十カ所以上の慰安所、米兵による暴行事件。いかにこの島で女の性が蹂躙されてきたか。
美里　イギリスに一万人、ドイツに七万の米兵がいるけど、ヨーロッパの駐留米軍がこんなひどい事件起こしたって話はない。

重臣　小学生の子が自分から声を上げたんだ。今度こそ許さない。俺たちみんなそう思ったんじゃないのか。県民の怒り、確かにそうだ。だが、その怒りはいつの間に消えた。いつその火は鎮まった。

寿代　ニーニー？

重臣　憲法九条、戦争放棄。世界で初めて正しいことをしたわけさ。法案を作ったのはGHQでも、本当のことにしたのは戦後の日本じゃないのか。米軍の作った飛行場だが、そこで生きてきたのは俺たちだ。そうじゃないのか。

重臣、ばたんと倒れる。

由紀　……私、帰ります。

由紀、立ち、去る。

剛史　親父のこと、頼むナ。

寿代　わかった。

荘介　いいけどー。

荘介、谷山、重臣を介抱する。
剛史、由紀を追う。
二人、早足になる。
その二人の姿だけが浮かび上がる。
屋台、他の人たちの姿、次第に遠くなる……。
溶暗。

開かれた飛行場

夜の闇を、由紀と剛史が歩く。
早足でずんずん行く由紀を、追う感じの、剛史。

剛史　わからん。
由紀　なに。
剛史　わからないわけよ。
由紀　……。
剛史　君がどうしたいのか。
由紀　……何かしたいって言った？
剛史　……。
由紀　……そうね。私、いつか話すると思う。
剛史　なに。
由紀　沖縄を離れるきっかけになった、事件について。
剛史　……。
由紀　女性と米軍基地被害についての、集会とかで。

剛史　……いつ。
由紀　いつかわからないし……、決めたわけじゃないよ。
剛史　そう……。
由紀　私の話は、教訓もないし、あんまり、ケーススタディみたいなことにならないみたいだし。
剛史　……。
由紀　まだ話してない。あなたのおばさんと、先生たちにも。
剛史　……そう。
由紀　泣き寝入りになっちゃうわけでしょう、黙ってたら。
剛史　……。
由紀　ええ、最初は黙ってた。黙ってやり過ごそうと思った。でも、無理だった。どうしてだかわかる。
剛史　いや……。
由紀　ただアメリカーに襲われたんじゃない。私、妊娠したの。堕胎手術すませて、隠したまま学校通ったけど、ダメだった。そう。ダメ。人間てダメ。自分が悪いんじゃないって、頭ではそうわかってても、そう思っても、ダメ。
剛史　……。
由紀　学校辞めた。誰にも何も言わなかった。一言も、さよならも。

剛史　……。

由紀　産まれてくる子に罪はないわよね、終戦直後の人たちは生んだわけでしょう、そういうとき？　ええ、そう、アメラジアン？　その子には罪がない。生まれてたら五年生！

剛史　由紀。

由紀　インデペンデント・デイ！「若い娘は独立記念日には出歩かない方がいい」、それを素直に聞いて、守って。私は部屋にいたの。自分の部屋に。入り込んできたの、あいつら。

剛史　……。

由紀　両親が出かけたのをたまたま見たのか、それは知らない。酔っぱらった兵隊は二人とも、何も憶えていないの一点張りだったって。ええ、親が警察で責められてた、「なぜドアが開いていたのか」って。

剛史　……。

由紀　私は何も恥ずかしいことしてない。怖くて、身動き一つできなくて。家族が帰ってきたあとも、ドアを開けられないように、必死にシーツ噛んでた。絶対に見られたくなかったから！

剛史　……。

由紀　私は何も恥ずかしいことなんかしていない。何も恥ずかしいことしていないのに。だったら恥ずかしいとか言っちゃいけない。そうよね。

剛史　……そうだ。
由紀　よく言うじゃない、「本人がしっかりしないと」って。だけど、どうしっかりするのよ。繁華街で声かけられて、バイクに乗ってしまったわけでもない。私に「落ち度」があったんだったら教えて。週刊誌にバッシングされたわけでもない。本当のことを知っている人はごくわずか。どんな噂聞いたか知らないけどそういうこと。ちゃんと聞いてた？　何があったか。
剛史　いま聞いたよ。全部聞いた。
由紀　何か変わった？　聞いたからって何か変わった？
剛史　君は？　君はどうだーるわけ。話したことで、何か変わったの？
由紀　知らない。話したいから話した。それだけ。
剛史　いいさ。自分が思うようにすれば。
由紀　……。
剛史　うまく言えないけど。
由紀　たぶんみんなに話はしない。いまは。
剛史　そう……。
由紀　話すとしたら、自分のためじゃない。誰かのため。誰かを励ますため。それだけ。そうじゃなきゃ……。

剛史　僕は励まされた？
由紀　……ええ。
剛史　そうなのー……？
由紀　……。
剛史　（由紀を抱きしめる）いいんだ、もう何《なん》も言わない。
由紀　……えー。
剛史　何も言うなって。
由紀　……ここはどこ？
剛史　……え？　あれ？

立ち止まった二人、茫然と周囲を見回す。
そこは、何もない空間。
……周囲にフェンスが見えるかもしれないが、遠い。

由紀　何これ。ここどこなの。
剛史　ゲートの中？
由紀　ありえない。

剛史　酔っぱらって、入り込んじゃったのか。
由紀　フェンスを突っ切って？
剛史　ここって、普天間基地？
由紀　そういう気がする。
剛史　夢を見てるか、俺たち。
由紀　入れないはずのところに、入ってる？
剛史　ここはどこ？
由紀　どこなの？
剛史　タンクもコンテナも、格納庫も見えない。
由紀　何もない。
剛史　CH46もコブラも、ハーキュリーズもオライオンも。五二機の軍用機がまるごといない。
　まったく何も……。
由紀　……核兵器。
剛史　なに。
由紀　（想像して）沖国大に落ちたシー・スタリオンには、核兵器が搭載されていた。
剛史　えー。
由紀　あれ以来、普天間はずっと立ち入り禁止。施設全体が朽ち果てて、基地を守るフェンスも崩れ、米軍機も人間も、誰一人いない。

剛史　そんな……。

由紀　……いいわよ、私、ここがどこでも。

由紀、剛史に寄りかかる。

剛史　……俺んち、来たことあるだろ。

由紀　うん……。

剛史　屋上に柱が何本か突き出て立ってて、かっこ悪いだろ。

由紀　そうだっけ。

剛史　かっこ悪いけど、ちっちゃい頃、屋上で遊んでて、この柱が宇宙に何か発信してるアンテナで、いつか遠い天体から何か来るんだみたいなこと思ってた。夜なんか、星と、アンテナと、自分しかいないみたいな気持ちになって。そういうとき、自分が宜野湾に、普天間にいるってこと、完全に忘れてるわけよ……。

由紀　なんの話。

剛史　宇宙にいるんだよ、俺たち。それとも、我が家の屋上。

由紀　……えー。

剛史　あれって、あの何本か突き出た柱って、角出し住宅っていうんだけど、将来二階を増築するためにそうなってるんだ。

由紀　どういうこと。

剛史　家族を増やしたいってことさ。

由紀　……。

剛史　はーめー（おばあさん）は、戦争で、大勢いた兄弟がみんな亡くなって、だからいつか大家族の住める家にしたかったわけよ。

由紀　なんでそんな話するの。

剛史　……うん。

由紀　……ねえ、なんで。

夜の闇の宙空に、バルーン群の影がうっすらと浮かび上がる。

剛史、由紀の姿と入れ替わって、講演をする感じの、美里。

「イントロダクション」に近い様子の、舞台。

美里　……あれから七年。私は長い間、あのヘリ墜落事件で、自分の大学がアメリカに占領されたのだと思ってきました。だけど、そうじゃない。気づいたんです。沖縄も、ヤマトも、とっくに占領されている。占領しているのはアメリカですか。いいえ、そうじゃない。このだめだめな世界を支配しているもの。それは、他者に対する、自分たちの社会に対する、愛情の足りなさ、優しさの欠如……、そしてそれを容認する怠慢さが、私たちを支配している。私はそう思うのです。私たちは私たちの怠慢さに占領されている。その怠慢は、沖縄の人たちの「テーゲー」とは違います。正真正銘の怠慢です。私はその怠慢を告発するために喋っているのでしょうか。いいえ違います。怠慢はつまらない。つまらないことはやめましょう。つまらないことに巻き込まれたら負けです。どんなに馬鹿げたガッカリすることに私たちが規制され束縛されているとしても、自分までがつまらなくなることはない。自分をつまらない人間にしてしまうのは、自分の責任です。いまさら言うまでもありませんが、沖縄の苦難の歴史にも関わらず、沖縄の人たちは自分たちのペースで生きている。繰り返しますが、それは怠慢や怠惰ではありません。自分の生きたいように生きる。できなくてもそう思う。そう思う心を大切にする。それじたいが沖縄の人たちの日常であり、戦いなんです。私は、沖国大のあの事故の当事者として、それを見習ってみようと思いました。

美里、振り返って、背後の空間に大きな造形物を示す仕草。

美里　これはプロペラです。ええ、あの日、双子の赤ん坊とお昼寝中だった女性の家の玄関前に落ちていた、長さ八メートルのメイン・ローター・ブレード。もちろんレプリカ。（次々に別な方角を指し）そして、生後六ヶ月の赤ちゃんの寝室に飛び込んだ、二個のコンクリート片。一階の事務室の柱にぶつかった中間ギアボックス。弾丸のように飛んできた十センチほどの金属片……。

美里、別の品々を示す。

美里　七年前、八月十三日の沖国大ヘリコプター墜落事件では、民家、車輌含めて七七件の被害が出ています。その損害への補償の七十五％は日本政府が負担しました。……七七件。つまり件数で言うと七七回に渡って、ＣＨ53のなんらかの部分が、空から落ちてきたのです。私は沖国大の、沖縄の、昔ながらの友人仲間と相談して、グループを立ち上げました。ええ、七七回ぶんの落下物すべてを復元します。そのレプリカを飾る展示室を作ります。落下物それぞれの前にｉＰａｄを置いて、一つ一つの落下情況が、ボタン一つで再現できるようにします。目撃者、第一発見者に、そのときのことを語ってもらいます。楽しく、あるいは大まじめに。もちろん、笑い飛ばしてほしいのです。大まじめにやればやるほど笑えるはずです。そして、誰も死ななかったからこそ、笑いの記念館にできる。そのことに感謝します。大きな、黒い壁を残すより、あの日を笑いたい。そう思っています。

美里、別な方角を見上げる。

宙空にバルーン群の影が光を帯びる……。

美里　そして、もう一つ。おかしな物を落としてくれたお返しに、七十七個のバルーンを空に上げます。七十七回分の仕返し。バルーンの高さは四五メートル。この高さの障害物があると、普天間飛行場は安全基準要件を満たせません。即刻飛行停止です。いま、普天間の空には、何も飛んでいません。

バルーン群、ゆったりと生き物のように空に揺れて……。

溶暗。

井戸ガマ

我如古の家の庭。
斜面のコンクリートのたたきにあるマンホールの蓋は開いている。
その底からだろうか、長い梯子が突き出るように置かれている。
電源コードが引き回され、穴の中に電灯がついている様子。
芝生に遠足用のようなシートが広げられている。
その上に、タッパーウェア等に入った弁当が並べられている。
魔法瓶、沖縄そば用の小さい器、箸立て、テンプラの載った皿も。
シートの上や庭の石、置かれた椅子などに座っている人々。
平良、寿代、谷山、良江。
お茶や取り皿などの用意をする、佐和子。

寿代　みんなが出てきたらお昼にしましょうね。おばぁも張り切って、ご馳走作ってきたから。
平良　あんたも入ってみたかったんじゃないのー。
寿代　私たちは次の機会にするさー。家族揃って入っちゃ申し訳ない気がして。
平良　申し訳ないってことはないサー。

寿代　ウーウー（いゃいゃー）。オバァが言うには、こんなふうにチンガーガマに呼び寄せられたのは、ウガンブスク（不信心）のせいだってー。
良江　結局、何人ガマに降りたのー。
寿代　六人、七人？
佐和子　しのぶさん、目的があるみたいです。
寿代　なんのー。
佐和子　亡くなった人の祈りを、ガマに戻してあげなきゃって。
良江　この井戸じゃ、人は亡くなっていないって話だから。
佐和子　出ていくな出ていくなと言われたのに出てって命を落とした悔しさなんですって。
寿代　その思いをガマに戻すの？
佐和子　なんだかわからないんですけど、ガマに思いが残ってるんですって。
寿代　そうね……。
良江　そういうのって、やっぱりモノに残るんじゃない。
佐和子　はい。最近頭が重いので、何か頭に関係のある物じゃないかねーって。
寿代　頭。
佐和子　はい。
寿代　櫛みたいな？

良江　一日も早く供養してあげたいってこと？
佐和子　供養じゃないって言ってました。祈願成就だって。
良江　（よくわからない）あーそう。
谷山　……大丈夫かなー、由紀ちゃん。
良江　えー。
谷山　苦手なんだってー、ガマとか。ああ見えて怖がりなところあるわけよ。
寿代　勇気をもって入ったんだねー。
平良　初めて入った人は、けっこう息苦しいはずですよ。

ふみ、戻ってくる。

ふみ　ずいぶん変わったネー、このあたり。
平良　でしょうなー。
ふみ　なんであんなに看板を大きくする必要あるのカネー。
谷山　（マンホールを気にして）……酸欠になったりしないかなー。
平良　中の温度は年間平均していて、二二度くらい。
谷山　蒸し蒸しーするんじゃないですか。

平良　まあ、たんに狭いから。閉所恐怖症の人には勧められないね。
ふみ　慣れるさ。
谷山　……そうですか。
ふみ　部落の住民は無理に壕に入れられたわけではないさー。逃げるところないから井戸へ逃れたわけよ。
谷山　はい。
佐和子　ガマの中ではどうしてたんですか。
ふみ　中にいたって話はしない。寝るしかないさ。
佐和子　真っ暗なんでしょう。
ふみ　上からの光だけで（まわりが）見えーる。
寿代　井戸の底の、また横穴だから、わずかに差し込んでいるだけじゃない？
ふみ　降りるときフタもする。フタしてゆっくり降りる。降りたら横穴。
佐和子　それでも光は入ってくる？
ふみ　目が慣れるわけよ。
佐和子　あー。
ふみ　私はお腹が大きかったから、足を怪我した人、南部へ逃げられない人たちといっしょに、みんなで座って寝た。

佐和子　はい。

ふみ　水グァーはいくらでもあった。二ヶ月、水グァーと黒砂糖（クルザァーター）だけで生き延びた。

佐和子　黒砂糖と水だけ。

ふみ　ひもじいさ。どんどん皮と骨だけになる。弱っていたね。子供のぶんもあるからみんな気を遣ってくれた。何か手に入ると中で焚き火をする、煙が出たら爆弾で狙われた、落とされた。煙くて出てった人は吹き飛ばされたねー。ああ、出てって見られたから落とされたのかもしれない。

佐和子　お風呂とかにも入れなかったわけでしょう。

ふみ　ガマから出るまでは痒くなかったさー。

佐和子　そうー。

ふみ　そんなに気ぃつかったら病気するよ。いまでもどこか痛いと思って病院行くと、先生の顔見たら治っているさ。

良江　やっぱり戦中派は逞しいさー。

ふみ　戦争終わると思っていたからね。だけどなかなか終わらない。ほんとうにいつまでもここにいるのかもしれないと思ったね。

良江　重臣さんはいつ生まれたんです。

ふみ　五月七日のはずよ。出て行く一週間前だから。
佐和子　はい。
ふみ　ガマの子。姉の一人は亡くなったけど、ガマで赤ちゃんが生まれた。この子が太陽（ティダ）を見ないで終わらないようにと願ったよ。
良江　赤ん坊抱えてたら心細かったはずよ。
ふみ　ガマに入っている人は心が小さくなっているからー。ガマに入ると人はフラーになる。でもガマのおかげで命が助かった。
谷山　危ないときもあったんでしょう。
ふみ　別の井戸から出た子どもがアメリカーに見つかって、急いで戻ってきたらしいさ。そのとき、照明弾が撃ち込まれて、二人亡くなったってねー。そのときの爆風はこっちのガマまで届いたよ。
寿代　棒を持って出て戦ったオジイもいるって。
ふみ　そういうことがあったから、危険を感じて外に出て南部に逃げた人もいたけど、そのまま帰らなかったねー。
佐和子　出てって命を落とした娘さんはいました？
ふみ　……スエコさんさー。
寿代　スエコさん。

ふみ　井戸ガマから出て撃たれて亡くなった幼なじみがいてね。いつも身につけていたジーファーがあって、あんたの子どもがウィナグングヮ（女の子）だったらあげると言っていた。それっきりだったよー。どこで亡くなったかわからんし、生まれたのは男の子だったからネー。

佐和子　ジーファー。

良江　かんざしのこと。昔の女の人は大事にしたね。出征時にお守りとして渡す場合もあったって。

寿代　かんざしって、頭に挿すものだねー。

谷山　あー……。

ふみ　最後まで残ったのは二十何人かなー。捕まって収容所で働いてた我如古の人が呼びかけてくれたわけさ。表に出るとヒージャーミー（山羊の目）みたいな青い目のアメリカーがチューインガム噛んでいたさ。

井戸から人が出てくる。

美里、由紀、博巳、荘介、重臣、剛史、しのぶ……。

続々と出てくる。

出てきた人々の動き、狭いところにいたために、ゆったりしている。

カッパや長靴などの装備を解く。

感想は、それぞれがもっている様子である。
しかし、いままさにいた場所についての感想は、すぐには言えない。
それぞれが身体についた泥土を払ったり、水道で流したり……。

寿代　（美里に）何か研究にできるものあったー？
谷山　あんまりないでしょう。人は死んでいないからねー。
美里　そんな、人骨のことばかりやっているわけじゃないですから。
博巳　大勢が二ヶ月生活していた痕跡は残ってました。鍋とか瓶なんかも。
寿代　落ちついたら昼ご飯にしましょうねー。
荘介　……ガマって、防空壕だけじゃなくて、シェルターっていうか、放射能から逃れられたりしないのかナー。
剛史　無理なんじゃない。
美里　北海道では女の知事がオーケーして、原発が動き始めたって。
荘介　沖縄電力も原発導入に向けた研究を続けてる。
剛史　ウチナーは日本の電力十社で唯一原発がないし、揚水発電の実績もあるのにね。
良江　いま、普天間には、トモダチ作戦で原発事故の支援活動を行なったときの、放射性物質を取り除いた布とか廃棄物が保管されてるみたいよー。処分する責任は日本政府にあるからそれまで保管するって。

美里　原発と基地って、自分の庭に置きたくないものを貧しい地域に押しつけるという差別的構造が似てるねー。

剛史　原発村とは違うさ、沖縄は米軍基地を誘致していないもの。

良江　自分のことしか考えられない人と同じ社会に生きているのは嫌だネー。

寿代　ガマにはいっしょに入れない。

ふみ　……そういう人にはモノが入ってないさ。

佐和子　モノって？

寿代　ハートのこと。

轟音……。

大きな黒い影が過ぎるようにも思われる。

良江　（空を見上げ）なに。

谷山　知らないな、あのヘリコプターは。

剛史　ハリアーじゃないの。

谷山　……オスプレイ？

重臣　まさか。
寿代　いよいよ配備されると言ってるけど。
谷山　やんばるのヘリパット基地はすさまじい轟音になるはずよ。
重臣　重量はこれまでのヘリの三、四倍。攻撃のヘリとはまったく別物さ。船でない物資輸送のために開発されている。
寿代　ニーニーはやっぱり基地の仕事に未練あるのよー。
重臣　他のことができるかどうかは試してみないとわからんさー。
平良　……あんたもこれからよー。
重臣　はいー。
平良　六十歳までは金を儲けて子どもを育てる。六十過ぎたらなんくるないさー（なんとでもなる）。それからが本当の人生さー。……忘れそうだからいま渡そーねー。

平良、佐和子に現金の入っているらしい封筒を渡す。

佐和子　なんでー。
平良　みんなに提案したんだが、これから毎月集まる。これからこの顔ぶれで、井戸ガマの模合を始めるからネー。

荘介　模合って、毎月お金集めるんだっけ。
良江　沖縄の人間が模合を知らないのー。
平良　模合は毎月集まって一杯やって、一万円くらいずつ出し合って積み立てて、困ってる人に貸し出す仕組みだーるわけよ。使わずに積み立てて、みんなで旅行に行ったりすることもある。
荘介　旅行。
重臣　東北が人気だったさー。やっぱりみんな雪が見たいから。
佐和子　……私、わかったことがある。
寿代　うん。
佐和子　普天間の人は、決して同じ島の中で、よそに基地を移せとは言わない。ヤマトゥやアメリカには言う。でも島の中に移すくらいなら、自分のところでいいと言っている。本気でそう言ってるってこと。
ふみ　……チュニクルサッティン、ニンダリーシガ、チュクルチェ、ニンダラン。
佐和子　チュニクルサッティン……。
博巳　なに。
寿代　他人に痛めつけられても眠ることはできるが、他人を痛めつけては眠ることができない。
ふみ　チュニクルサッティン、ニンダリーシガ、チュクルチェ、ニンダラン。

佐和子　チュニクルサッティン、ニンダリーシガ、チュクルチェ、ニンダラン。
博巳　他人に痛めつけられても眠ることはできるけど、他人を痛めつけてしまったら、もう眠れない……。
寿代　だからやんばるの人が持って行くことはないわけよ。
重臣　いつかあんたがやんばるに帰るのを止めることはできないけどネー。
佐和子　……ええ、帰ります、必ず。
博巳　俺も沖縄を離れると思います。
佐和子　ふうん。
博巳　（美里に）俺、やっぱり、一刻も早く司法試験受かるよ。
美里　……そう。
博巳　法律って、この社会の骨格を、骨をしっかりさせるってことだから。
美里　そうね。
佐和子　（はっとして、しのぶに）どうでした。
しのぶ　うん……。
佐和子　見つからなかったんですか。
しのぶ　私じゃー、ないさ。
佐和子　……ああ。

しのぶ　待っていた相手は別な人みたい。
寿代　その、櫛みたいなもの？
由紀　……櫛。
寿代　何か頭につける……。
由紀　あ、櫛じゃないですけど、こんなものが……。

由紀、被った土を擦りながら、手にしたジーファーを見せる。

しのぶ　……。
ふみ　（受け取り、確認する）アキサミヨー、私にくれると言っていたものさ。
寿代　じゃあ、その、スエコさんが……。
ふみ　スエコさん、自分が出て行くとき、ジーファーを置いてってくれたのに、私が気づかなかったんだねー。

ふみ、ジーファーの土の汚れを水道で洗い流し、手ふきで拭く。

ふみ　あんたが見つけたの。

由紀　出て行こうとしたら、土の中に光ってて……。
寿代　引き寄せられたんだね。
由紀　何だろうと思って。
しのぶ　私を呼びだして、結局、その人が捜していたのは、あんただったんだねー。
由紀　そうなんですか。
しのぶ　あんたに見つけてもらいたかったのさー。見つけてほしくて、見つけるべき人がやっと来て、それで出てきたわけョー。
ふみ　もらってくれますか。
由紀　……私が。
しのぶ　あんたがもらったらいいさー。
ふみ　ウィナグングヮ（女の子）だったらと言われたからね。ジューシンは男の子だからもらわれないョー。
由紀　……。

ふみ、由紀の頭にジーファーを挿す。

ふみ　……ああ。

寿代　似合うさ。とても似合う。
剛史　うん……。
由紀　……。
重臣　うん、うん。
剛史　（照れをごまかす気持ちもあって）オトゥ（父さん）、ガマの中、懐かしい気がしたんじゃないかー。
重臣　憶えてるわけないサー。
ふみ　ガマの守り神は喜んだはずよ。ちゃんと生まれたあんたが、ちゃんと生きてきた。それがわかった。
重臣　（その気になって）なんか生まれかわったような気がする。……俺の人生はここから始まった。
寿代　そうなんだねー。
重臣　自分が生まれたところを見たら、もう怖いものはないさー。
ふみ　あんたは何もわかっていないネー、あんたが生まれてきたところは、私《わん》の腹サー。
重臣　ハッサミヨー……。

笑いあう、人々。
昼食の楽しいときが始まる。
遠くにさらにヘリコプターの音……。

緩やかに、溶暗。

あとがき

沖縄を舞台として一本の劇を書くのは久しぶりである。

いうまでもないが、「普天間」という題名で創作するというのは、厳しいことである。かつて木下順二さんが『沖縄』という題名の戯曲を書いておられるが、「普天間」を題名にするというのはそれに並ぶくらいの乱暴さであり、たいへんなことに手を出してしまったのだと、幾度も思った。

沖縄の人たちからすれば、「ヤマトの人間がなにを？」ということになるだろうし、沖縄のことをそれほど知らない方に劇の中でバックグラウンドを理解していただくのも一筋縄ではいかない。プレッシャーはたいへんなものがある。

独自のルートで入手した情報も多いので、マスコミ等や地元でもあまり知られていない要素が出てくる。正確かどうか心許ない場合もあり、確かめきれるかどうかも含めて、検討事項はあまりにも多かった。まとめきれない膨大なデータを前に、途方に暮れることもしばしばであった。

ともあれ、この戯曲に描かれているのは、二〇一一年夏の段階でのことだ。これからまた刻一刻と沖縄を取り巻く情況は変化してゆくであろう。

義母のまたいとこである瀬長和夫さんから再三お話をうかがった。『沖縄ミルクプラントの最后』のさいにも本当にお世話になったのだが、じっさいに普天間基地で働き、沖縄全駐労の活動を推進してこられた和夫さんから学ばなければ、私がこの戯曲を書くという意志と根幹は、脆弱であっただろうと思う。

もう十年以上宜野湾に在住されている江上幹幸さん、小島曠太郎さんにもたいへんお世話になった。沖縄公演も果たした『南洋くじら部隊』で描いた、インドネシア・ラマレラの捕鯨を通した交流から始まったおつきあいである。江上さんは教鞭を執る沖縄国際大学でほんとうに当日、ヘリ墜落の事態に直面された。曠太郎さんには幾度となく沖縄各地をごいっしょしていただいた。お二人のやさしさと厳しさから教わることも多かった。

そして、沖縄戦中の二ヶ月じっさいに井戸ガマで過ごされた仲宗根千代さんと、ご家族の皆さん、お話を聞かせてくださってありがとうございました。ご紹介くださった琉球新報の松元剛さんにも、心より感謝いたします。

沖縄に対する取り組みを続けてこられた青年劇場さんとの出会いがなければ、この企画は生まれなかった。劇団員の皆さん、スタッフの皆さん、沖縄ことばについて協力して下さった今科子さん、歩みの遅い私の難渋につきあわせてしまったことを、心よりお詫びします。

普天間の皆さん、辺野古の皆さん、オスプレイ用ヘリパット建設とたたかう高江の皆さん、私は私自身のやり方でなければ難しいのですが、これに懲りることなく、これからもおつきあいさせていただければと思います。

二〇一一年は、川辺川ダムと五木村に取材した『帰還』、徳之島への普天間基地ヘリ部隊移設問題の渦中に飛び込んだ『推進派』、そして本作、放射性廃棄物最終処分場開発のための瑞浪超深地層研究所に取材した『たった一人の戦争』と続いて、四本、とにかく「その場所」と「その時間」に何が起きたのか、能う限りの内容を舞台に上げ、何が動き出すかを見つめてゆくという試みに、取り組んだ。舞台という限定された世界だからこそ可能な方法論であり、時として登場人物はプロットの枠組みを超えて動き出すのだ。

この方法論を選んだのはこの年ならではのことだともいえるが、いま私はこのことをこのやり方で描きたいのだという思いで、一年を過ごした。これまで演劇を続けてこなければこんなことはしなかっただろうし、そうしなければこの年に演劇に向かうこともできなかっただろうという気持ちは、偽りではない。

米軍普天間基地にまつわる情況はその後も混迷の一途を辿っている。震災と原発事故を経て、蒙昧な「国家」の方針と人々の暮らしがどのようにせめぎあうかについて、あらためて強く認識せざるをえない。現実を動かすためには、現実に学ばなければならない。

二〇一二年四月

坂手洋二

参考文献

『沖国大がアメリカに占領された日――8・13米軍ヘリ墜落事件から見えてきた沖縄／日本の縮図』黒沢亜里子編、二〇〇五年、青土社
『墜――沖縄・大学占領の一週間』白川タクト著、二〇〇七年、新日本出版社
「あごら」317号「沖縄の声」を聞いてください――少女暴行事件に想う―― 二〇〇八年、BOC出版部
『骨の戦世 65年目の沖縄戦』比嘉豊光・西谷修編、二〇一〇年、岩波ブックレット
『FUTENMA360°』三枝克之著／オフィスユニゾン編、二〇一〇年、ビブリオユニゾン

■上演記録

初演
秋田雨雀・土方与志記念青年劇場
第104回公演

2011年
9月10日（土）～19日（月・祝）紀伊國屋ホール（11回）
21日（水）府中の森芸術劇場ふるさとホール（1回）
23日（金・祝）神奈川県立青少年センター（1回）
26日（月）かめありリリオホール（1回）
27日（火）埼玉会館大ホール（1回）

演出＝藤井ごう
美術＝石井強司
照明＝和田東史子
音響効果＝近藤達史
衣裳＝宮岡増枝
沖縄ことば指導＝今科子
文芸助手＝福山啓子
演出助手＝岡本有紀

舞台監督＝青木幹友
製作＝福島明夫

キャスト
北峯美里　高安美子
城田博巳　矢野貴大
上原重臣　吉村直
上原ふみ　上甲まち子
上原剛史　清原達之
上原寿代　佐藤尚子
仲村荘介　真喜志康壮
平良一義　青木力弥
宮城昭利　葛西和雄
大城ハナ／新城良江　藤木久美子
谷山晃　北直樹
平良しのぶ　崎山直子
比嘉由紀　大月ひろ美
宮城佐和子　蒔田祐子

●著者略歴

坂手洋二（さかて・ようじ）

一九六二年岡山県生まれ。慶應義塾大学文学部国文科卒業。〈燐光群〉主催。作品に『ブレスレス　ゴミ袋を呼吸する夜の物語』（岸田國士戯曲賞）『天皇と接吻』（読売演劇大賞最優秀演出家賞）『屋根裏』（読売文学賞）『だるまさんがころんだ』（鶴屋南北戯曲賞、朝日舞台芸術賞受賞）など多数。

普天間

発行――二〇一二年五月十八日　初版第一刷発行

定価――本体一八〇〇円＋税

著　者――坂手洋二

発行者――西谷能英

発行所――株式会社　未來社
東京都文京区小石川三―七―二
電話　〇三―三八一四―五五二一
http://www.miraisha.co.jp/
email:info@miraisha.co.jp
振替〇〇一七〇―三―八七三八五

印刷・製本――萩原印刷

ISBN978-4-624-70096-6 C0074

（消費税別）

仲里効著
フォトネシア

〔眼の回帰線・沖縄〕比嘉康雄、比嘉豊光、平敷兼七、平良孝七、東松照明、中平卓馬の南島への熱きまなざしを通して、激動の戦後沖縄を問う。沖縄発の初めての本格的写真家論。　二六〇〇円

仲里効著
オキナワ、イメージの縁（エッジ）

森口豁、笠原和夫、大島渚、東陽一、今村昌平、高嶺剛の映像やテキスト等を媒介に、沖縄の戦後的な抵抗のありようを鮮やかに描き出す〈反復帰〉の精神譜。　二二〇〇円

西谷修・仲里効編
沖縄／暴力論

琉球処分、「集団自決」、「日本復帰」、そして観光事業、経済開発、大江・岩波裁判……。沖縄と本土との境界線で軋みつづける「暴力」を読み解く緊張を孕む白熱した議論。現代暴力批判論。　二四〇〇円

岡本恵徳著
「沖縄」に生きる思想

〔岡本恵徳批評集〕記憶の命脈を再発見する――。近現代沖縄文学研究者にして、運動の現場から発信し続けた思想家・岡本恵徳の半世紀にわたる思考の軌跡をたどる単行本未収録批評集。　二六〇〇円

上村忠男編
沖縄の記憶／日本の歴史

近代日本における国民的アイデンティティ形成の過程において「沖縄」「琉球」の記憶＝イメージがどのように動員されたのか、ウチナーとヤマトの論者十二名が徹底的に論じる。　二二〇〇円